咎の楽園

山野辺りり

イースト・プレス

contents

プロローグ

思い出は、いつも光の中にある。

「いつか大人になったら迎えに来るね。それまで待っていてくれる？」

少年の柔らかそうな頬は赤く染まり、風が金糸のような髪を揺らした。

幼さ故に純粋な色をした瞳はどこまでも澄んでいて、僅かに潤《うる》んでいる。鮮やかな紅玉《こうぎょく》を思わせる珍しいその色彩は、彼の意志の強さをよく表していた。

惹き込まれずにはいられない輝きに逆らわず、ルーチェは正面から見詰め返した。きちんと、覚えておきたかったから。

彼の整った容姿は、天上の存在と言われれば信じてしまいそうなほど愛らしい。育ちの良さから滲む礼儀正しさが、一層彼を眩《まぶ》しく煌《きら》めかせている。

母親を亡くしたばかりで心細いだろうに、健気にも明るく振る舞う姿は、ぐっと胸に迫るものがあった。

沸き上がる衝動を抑えきれず、ルーチェは目の前の少年を抱きしめた。

自身とて決して大きくはないが、それより小さな身体は体温が高くどこか甘い香りがして、幼子特有の柔らかさにほっと癒される。

降り注ぐ太陽の熱が肌を焼く感覚は互いに久し振りだ。この数日は二人とも薄暗い室内を出る機会は得られず、少なからず鬱屈《うっくつ》が溜まっていたらしい。

心地好く、黴《かび》臭くない空気を肺いっぱいに吸い込んで目を閉じた。

木々を揺らす風が運ぶ様々な香りを楽しみ、そっと一息吐いて少年に微笑む。

すぐそばの海岸から聞こえる波音は既に日常のものと化していて、この時も鳴り響いていたはずなのにルーチェの記憶には何故か全く残っていない。ただ、直前に二人で見上げた青い空を自由に飛び回る鳥だけが妙に網膜《もうまく》に焼き付いている。

名前も知らない数羽の鳥達は白い羽をはためかせ、風を摑み気ままにルーチェの頭上を躍った。爽やかな青と白、それと少年の赤が少女の知る世界の色のほとんどだ。それ以外は黒と灰色しかない。光の作り出す陰影《いんえい》がルーチェの日常だった。それを寂しいと知る事もなく、生きて来た。

約束の証にと少年から差し出されたのは、この時期になると島中に咲き誇る珍しくもない赤い花で、野の花らしい質素で控えめなものだ。茎の長さはまちまちのうえ、結ばれたリボンは斜めに傾《かし》いでいる。だが、彼が手ずから摘み花束にしたのだと思うと、ルーチェは嬉しかった。

花を摘む時にどこかに引っ掛けてしまったのだろう、微《かす》かに傷付いた少年の指先に目を留めて、心の中に温かな灯《ひ》がともる。

「ありがとう……」

花束に対するお礼だけを告げ、待っていてくれるかという少年の問いに答えは返さなかった。

何故ならルーチェは知っていた。それが、到底叶えられない願いである事を。

年の割に聡明《そうめい》な彼は、敢《あ》えてルーチェが答えをはぐらかしたのに気付いただろうか。それでも、想いを込めた贈り物を受け取って貰えた事実に安堵したのか、嬉しそうに微笑んだ。

子供とは思えないほどに整った容貌《ようぼう》を持つ少年は、きっとこれからもっと美しく変わってゆく。それこそ人目を惹き付けずにはいられないくらいに。その過程で、人生のほんの一時を共に過ごしたルーチェの事など忘れてゆくに違いない。

今は幼いながら本気でそう誓ってくれているのだろうけれど、いずれ時の流れに押し流され記憶そのものが薄れてしまうとしても、誰が責められるというのか。

悲しくないと言えば嘘になる。けれどそれは仕方ない。その方が、彼のためでもある。付随《ふずい》してしまう辛い記憶など早目に忘れてしまった方がいい。

ルーチェには、彼が負ったであろう傷を完全に癒してあげる事はできない。何故なら決してこの島を出られないから。

『いつか』は来ない。永遠に。

「とても綺麗ね。嬉しい」

そう告げると、目を細めた少年は頬を上気させ、満面の笑顔を浮かべた。

たぶん、これが最後だ。彼は本来いるべき場所に帰って行く。貴族の子息として華やかで責任ある立場へと。

そしてルーチェはこの島で役割を果たし、朽《く》ちるのみ。

二人の未来が今後混じり合う事は絶対にない。それをこの純真無垢な年下の少年に伝える気はなかったけれども。

日数にして一週間。彼が殆ど意識もなく病に倒れていた時を含めても、二週間に満たない。それが二人の重ねた時間の全て。

心を寄せ合うのに、共に過ごした長さは関係ないのだとルーチェは知った。

これまで生きてきた九年間、それとこの先の全てを足した時間を以てしても、少年がルーチェに与えた以上のものを得る出会いはきっとない。

恐らく何年経ってもこの甘やかな思い出を噛み締め、胸に抱いて生きていくのだと思う。大切で切ない、たった一つの『普通の女の子』の記憶として。

だからこそルーチェは精一杯微笑んだ。

彼が好きだと言ってくれた笑顔を覚えていて欲しかったし、何より自分にとって特別なものとなったこの数日を悲しいだけの記憶で終わらせて欲しくない。

「さよなら……元気でね」

泣きそうになるのを花の香りを吸い込む事でごまかし、呼吸を止めてやり過ごす。そうしなければ今すぐにでも涙が零れてしまいそうだった。

「大丈夫。絶対にまた来るよ。そしたらルーチェは僕のお嫁さんになってくれるよね」

まだルーチェより背の低い少年は、小さな手を必死に伸ばし彼女の頭を撫でた。

――――この温かな感触をずっと覚えていよう。

「……大好きよ、フォリー」

たとえ貴方《あなた》が私を忘れても。

秘《ひそ》かな決意は赤い花だけが知っている。

それだけが、ルーチェに許された自由だから。

1　守れない約束

さして大きくもない島は中央に山を抱《いだ》き、その上に唯一の建造物がそびえ建っていた。自然は豊富だが山頂付近は植物も減り、厳しい様相を呈す。石で造られた堅牢《けんろう》な建物内はいつでも冷えきっていて、真冬であればいくら厚着をしていても関節が軋《きし》むほど寒い。幸い今は多少暖かな季節であるから冷たい床に凍える事はなかったが、それでも碌《ろく》に窓もないせいか黴《かび》臭さは拭えず、昼なお薄暗い室内は人を無口にさせる。

ルーチェもまた、無表情のまま口を閉ざしていた。尤《もっと》も、今部屋の中には彼女しかいないので話す必要はないのだけれども。

しかしもし誰か別の人間がいたとしても、ルーチェが言葉を発する事は恐らくない。彼女の一言は良くも悪くも様々な影響を及ぼす。その事は彼女自身が熟知していたし、気軽に話しかけて来る者など誰もいやしない。

静寂だけが横たわる中、明かりと言えばか細い蝋燭《ろうそく》一つしかなく、足もとさえ覚束《おぼつか》ない中でもルーチェは迷う事なく祭壇《さいだん》へ進んだ。

ほとんど日に当たらないルーチェの肌は青白く、纏《まと》う衣装も純白のため、闇の中では淡く発光しているようだ。

細い肢体を強調するコルセットと広がらないドレスの裾《すそ》は上品で、控えめなリボンとレースが年相応の可愛らしさを加えている。

だが、こと防寒に関して言うならば心許《こころもと》ない。ルーチェは羽織ったケープを掻き寄せて僅かな暖をとった。

部屋の奥には、彼女が愛し仕えるべき存在がある。

天井は高く、壁一面に描かれた絵は遥か頭上まで続いていた。日が陰りつつある今は、端の方は闇に溶けて窺えない。

だが幼い時からそれを見続けて来たルーチェには、細かな部分まで記憶の中に再現するのは容易な事だった。

遥か昔、荒ぶる神として舞い降りたリシュケル。赤い肌に大きな翼を広げる様は禍々《まがまが》しく、見る者に畏《おそ》れを抱かせる。豊穣《ほうじょう》よりも破壊や破滅を連想させる荒々しい男神は、厳しい眼でこちらを睨み下ろしていた。

実際、最初は堕落した人間を滅ぼすため暴れ狂ったと神話には記されている。それを鎮《しず》めたのが一人の聖女であるとも。

焦土と化した大地の上、若く美しい一人の女がリシュケルの眼前に進み出て、自身の命も顧みず人々のために祈ったという。

自己犠牲も厭《いと》わない聖女の深い心に触れ、愛情を知った彼《か》の神は、一転して人々を守護する存在に変わった。傍らの聖女を伴侶に迎えるのを唯一の条件として。

以来、この国ではリシュケルと代々の聖女が信仰の対象として崇《あが》められている。

聖女が途絶えれば再び神は荒れる。そう強く信じる民は多く、時代が変わろうとも必ず一人の乙女がその役目を担った。神との結婚は聖女の死によって完成される。それまで聖女は現世に留まり、人々を愛し、リシュケルの花嫁として相応しくなるべく身を清める。

そうやって聖女はあらゆる外界の穢れとは切り離され、純真無垢なまま神の御許《みもと》へ向かう日に備えるのだ。

それまでは万民のために祈りを捧げ、一生を尽くす。

聖女の旅立ちは最高の祭りとされ、先代が斃《たお》れれば次の少女が選ばれた。

選出された者は親元から引き離され、孤島に建つ教会にて育てられることになる。

そしてルーチェは今代の聖女だった。

それまでの少女達と同じく、生まれてすぐに聖地に建つこの教会へと連れて来られたため両親の顔も知らない。それどころか出生の場所さえ分からなかった。

ただ限られた知識の中からではあるが、北方に住む少数民族の流れを組むのではないかと思っている。

というのもルーチェの焦げ茶の髪はありふれたものであったが、薄紫色の瞳は本土ではあまり見られない珍しいものであるらしいからだ。その話を教えてくれたのが誰だったのか、もう覚えてはいないが。

神官には男性しかいないため、聖女がごく幼い頃には赤子の世話をする女性が島に滞在する。その女性かもしれないし、神官達の話を漏れ聞いたのかもしれない。あるいは巡礼者たちの噂話か。

でもそれは別にどうでも良い事だ。

ただ与えられた役割を果たすことだけが自身の存在意義であるとルーチェは認識している。

祈る事は嫌いではないし、ここでの生活に不満もない。他の生き方を知らないから当然かもしれないが、ルーチェにとっては満たされ安定した毎日だった。

厳しい戒律《かいりつ》に縛られ自由はなくとも、外の世界は毎日生きるだけでもっと大変なのだと聞いた。

眠る場所があって、食べるものに困らない。

それだけの事を叶えるのも相当の努力が必要で、しかも気候や情勢が整わなければいくら人間が頑張ったところで幸せは指を擦り抜けていくのだとも。

その、人の力ではどうにもならない部分を補うのが、聖女としての自分の役目だと幼い頃から教えられ、決して軽んじてはならないと魂の奥まで刻み込まれて来た。

大切で重要な、重い責任を伴う誉《ほま》れ高き立場。そんな役割を与えられた自分は幸せに決まっている。

「貴女《あなた》のお陰で、皆幸せに暮らせているのですよ」という感謝の言葉を聞くのは何物にも代えがたい喜びだ。

変わらぬ日々の中、毎日夜明け前に起き身を清める。その後定められた鯨蝋《げいろう》を灯し、それが燃え尽きるまでリシュケルへ祈りを捧げた後、聖別《せいべつ》された果実を口にしたら再び聖堂に籠《こも》る。それを日が落ちるまで続け、日に二度目の食事を終えれば深夜までまた祈る。

時折儀式を行う以外は、変化はない。

それがルーチェの、代々の聖女が行ってきた決まりだった。いつか神の花嫁として天に帰るその日まで、地上での生活は仮初《かりそ》めのものでしかないのだから、余計な穢れに触れる訳にはいかない。

閉ざされた小さな世界の中で、ひっそりと『その日』に向け準備を進める。娯楽も他者の繋がりも切り捨てて。

だから余計な会話をする時間はないし、そもそも彼女に無駄話を振るような輩は存在しない。この島には聖女と神官達しか住んではおらず、ルーチェに軽々しく話しかけるなど彼らには許されていなかった。

下手をすれば祈りの言葉以外に声を出さずに数日が終わるなどよくある話で、聖句《せいく》より他の言葉を忘れてしまうのではないかと不安になる事もしばしばある。

年に一度開かれる巡礼の際には沢山の人が島を訪れるが、直接彼らと交流する機会は与えられていないのでルーチェはそこでも外の世界を知ることはなかった。

しかしその事さえ、十三年前あの少年に出会わねば気付かぬ事だっただろう。

記憶の底に揺れる淡い髪色を思い出しそうになって、ルーチェは軽く頭を振った。大切な思い出は、鍵をかけて奥底に沈める。理由は分からないがそれが素晴らしく輝いている事に時折苦しみを覚え、胸が切なく締め付けられてしまうからだ。

「ルーチェ。準備が整ったのでいらっしゃい。もう夕の祈りはすんだのでしょう？」

「っ、はい……」

背後から突然かけられた声に肩が強張った。一瞬でもこの聖堂でリシュケル以外の事を考えていたのがばれたのかと思ったせいだ。

相手からはこちらは殆《ほとん》ど見えないだろうが、動揺を顔には出さず静かに振り返る。細く開かれた聖堂の扉の外から光が差し込み、入り口に立つ男を背後から照らしていた。ルーチェを『聖女様』ではなく名前で呼ぶのは、ここには一人しかいない。物心付いた時には既に傍にいてくれたマリエスだけ。

今でこそ若い神官も多いけれど、ルーチェが五、六歳の頃は老人と呼べる男性ばかりしか周りにはいなかった。そんな中、十五歳年上の彼は十分『お兄さん』で、一番近くで寄り添い導いてくれた最も信頼できる人。ルーチェにとっては誰より心許せる相手だ。

もう三十七歳になるはずなのに、老いたという印象は薄い。確かに肌の張りは失われつつあるかもしれない。しかしそれ以上に大人の魅力がそれを補って余りある。優雅な物腰が年相応の落ち着きを醸《かも》し出し、上品な笑みは余裕ある男のものだった。

真っ白な神官服を身に纏ったマリエスは静かに佇み、ルーチェを見詰めた。咎《とが》められているのではないはずだが、息苦しくなり目を逸らす。

　穏やかな灰青色《はいあお》の瞳は人の内面に入り込む力を有している気がする。彼が声を荒げるのを聞いたことはなかったが、ルーチェは何故かいつも逆らえない。

「もう船は到着しています。巡礼の皆様が待ちくたびれてしまいますよ？」

「今……行きます」

　普段は静かなこの島も、年に一週間だけ賑やかな日を迎える。

　一生に一度、聖地であるこの地を訪れるのは国民全ての願いだ。だが実際にここまで来られるのはごく一部の人間のみ。

　大陸から海を隔てた先に在る島は船でしか渡れず、その運行は教団によって管理され、一般の民の自由な行き来は認められていない。

　潮の流れはきつくなくいがサメなどの危険な生き物もいるため、天候が安定していても最短で三日は要する行程だ。十年ほど前まではその三倍近く日数がかかったが、航海技術が上がった現在ではかなり短くなった。船は特別な理由がない限り、年に数日しか運航しておらず、基本的には必要な物資を運ぶためのものだ。当然巡礼者を乗せられる数は限られている。また、期間内に行き来するのは、往復二本だけ。

　結果的に裕福な者が優先的に巡礼を許され、一般の人々は対岸の港から島を望むのが精一杯だった。

　そして今日は今年の『開門日』だ。リシュケルを信じ、聖女に一目会おうという者達がこぞって訪れる。

ルーチェにとっては一年で一番忙しい数日が始まる。

直接自由な会話を楽しむ事はできないけれど、外の世界に触れられる貴重な期間。同時にもう二度とは出会えないだろう通り過ぎて行く人々を眺める切ない時間の始まりだ。

変化のない日々の中、刹那《せつな》の賑わいは残酷に映ることもある。それでもそれが自身に課せられた役割だから――


大広間には既に沢山の人が集まっていた。

天井からは絢爛《けんらん》なシャンデリアが下がり、壁には神話を表した絵画が順番に描かれている。配置されたソファーは名工の手で見事な刺繍が施され、船旅で疲れた者達を優しく抱きとめてくれていた。

どの人物も華美に着飾り、まるで舞踏会にでも出席するかのような浮ついた空気に浸《ひた》っている。名を聞けば大抵の者が知っている貴族や商人達ばかりで、彼らにとっては社交の場に等しいのかもしれない。

選ばれた者だけが集う事を許される特別な場所。これほど虚栄心を満たしてくれる機会はそうそうない。船の中で親しくなったのか、楽しげに談笑する姿も見受けられる。

それが、マリエスに導かれたルーチェが姿を見せた瞬間、張り詰めたものへと変わった。

誰もかれも敬虔《けいけん》さとは違う熱を込め、成人男性の顎ほどの高さがある壇上に現れたルーチェを見詰める。

「さあ、彼らに声を聞かせて差し上げてください」

「ええ……」

マリエスに促されなければ、暫《しばら》く足が凍り付いたままだっただろう。沢山の眼に晒《さら》されると、何故だかいつもこうなってしまう。

自分が生涯を捧げて守るべき民を前にして情けないと思うが、理屈ではないので仕方ない。自分が未熟なせいなのだろうと己を叱咤《しった》した。

マリエスに背中を押され、中央の椅子に浅く座る。引き摺《ず》るほどの長い裾で足もとは隠れているから、震えているのは誰にも気付かれなかったと信じたい。大きく呼吸して、敢《あ》えてゆっくりとした仕草で寛ぎを装った。

繊細な装飾が施された椅子には厚みのある敷布がかけられているが、正直座り心地が好いとは言えない。分不相応な気がして、落ち着かないのだ。それでも聖女を前にした人々が望むであろう慈愛に満ちた微笑を浮かべ、視線を均等に振り分ける。

「皆様、よくいらっしゃいました。長旅でお疲れでしょう。本日はゆっくりお休みください」

口の端を引き上げればそう見えるのだと知ったのはいつ頃だったか。よく響くように腹の底から声を出し、全ての人に微笑みかける。

「聖女様！　どうぞ私の願いを叶えてください！」

「私も！　どうぞお願い致します」

「皆様！　聖女様に触れてはなりません！」

興奮し駆け寄ろうとする数人を神官たちが押し留めた。毎年の事とは言え、ルーチェはこの瞬間が何より苦手だった。

そもそも彼女自身に人の願いを叶えるような特別な力はなかった。神であるリシュケルならば願いを叶えることもできるかもしれないが、個人の欲望までは聞き届けてはくれない。そして、ルーチェに可能なのは国の繁栄と人々の安寧《あんねい》を祈ることのみだ。

それなのにルーチェ自身に奇跡の力があると疑わない彼等は当然のようにそれを求め、何もできない身としては罪悪感を刺激された。

「皆様、あちらに食事を用意してあります。本日はもう遅い……聖女様との時間は明日改めて」

マリエスの柔らかくも有無を言わせぬ雰囲気に、熱くなりかけた場は静まり返った。巡礼者達は名残惜しげにルーチェを振り返りつつ、他の神官に連れられ隣室へ移動して行く。

ほっと息をつき、彼らを先導するために離れてゆくマリエスを心細く見送った。

その中で、ただ一人動かず、こちらを見詰める者があった。

瞳は鮮やかな紅玉を思わせる珍しい赤で、男性にしては長い睫毛《まつげ》に彩られている。髪は癖のある柔らかそうな焦げ茶。

背は特別低くもない。身体つきも中性的と言うより柔らかさのないシャープなもので、全体的に少年っぽさを残した二十歳前後と思われる青年だった。身につけているものから、彼が有力な貴族であると察せられる。

そして、驚くべきはその容貌だ。

女性的ではないが『可愛い』と表現したくなる愛らしさと、変化の途上にある危うさが混在していた。それが絶妙な美を作り出している。恐らく男女、年齢に関係なく大半の者が見惚れずにはいられないはずだ。それはルーチェもまた例外ではなかった。

「あの……？」

他の巡礼者達が自分に向けてくるような熱心さとは少し違う匂いに惹かれ、ルーチェは青年を見返した。

これまで噛み付くように取り縋られることはあったが、こんな風に瞳で絡め取ろうとする人は知らない。何かを渇望する飢えた目線がルーチェに突き刺さり、逸らす事は許されなかった。

「……久し振り。やっと、会えたね」

「……!?」

外見の印象と違い、低く艶のある声が耳朶を擽《くすぐ》る。耳から注ぎ込まれる甘さに背筋が震えた。

「ずっと会いたかった。十三年もかかってしまったけれど、一日も忘れた事はなかったよ」

うっとりと眼を細め頬に朱を走らせた様は、彼を余計に幼く見せた。可愛らしい表情に一瞬ドキリと胸が跳ねたが、ルーチェには見覚えはない。

だが、記憶の底でうごめくものがある。

黙ったままのルーチェに焦《じ》れたのか、青年は眉を寄せ一歩踏み出した。

「僕が分からない？　――ああ、昔より少しは成長したものね。髪だって子供の頃は金色だったけれど、今じゃ茶色だ」

くしゃりと掻き上げられた髪は柔らかな軌跡で再び額を隠した。柔らかそうなそれは撫でてみたいと思わせるほど艶がある。

そのふわりとした印象とは裏腹に、長めの前髪の奥から射るような視線が変わらずルーチェを捕えていた。

「島を離れてからは一日でも早くここに戻りたいと、それればかり考えていたよ。でも子供の僕が一人で海を越えるのは現実的ではなかったし、成人してからは父親の死と引き継いだ伯爵位のせいで気軽な行動は取れなかった。何より財産を掠《かす》め取ろうとする親戚から家を守るのにも必死だったんだ。自分で言うのもなんだけど、僕はまだ若輩《じゃくはい》者だしこの見かけだろう？　簡単に操れると思う輩が少なくなくてね」

だから許してくれとでも言わんばかりに見上げてくる瞳は僅かに潤んでおり、困惑したルーチェは返す言葉もなく惹き込まれていく。

一息に語られた言葉には、何かを埋めようとする切実さが窺えた。

「あの……」

「今思えば長かったけれど、再会するには必要な時間だった気もする。いつか貴女に手が届くと思えば、耐えられないものではなかった……力がなければ、大きなものに屈しなければならないでしょう？　あの日……それは骨身に沁《し》みて理解したからね……だから様々な人間と付き合う事で各所に根を張って、知識を蓄え身体も鍛えて来たんだ。全てはこの日のために」

「貴方は……」

ルーチェの記憶の扉が開き、遠い昔にわざわざ沈めたはずの鍵がその存在を主張すべく浮き上がる。

「約束通り迎えに来たよ、ルーチェ」

いつの間にか足もとまで来ていた青年はルーチェに手を伸ばした。その指先が爪先に触れようかという瞬間――

「レヴァンヌ伯爵、懐かしい思い出話はまた後ほど」

やんわりと、けれど明確に、白いローブがルーチェの視界を遮った。

「マリエス……っ」

「おや、私の事も覚えていてくださいましたか。光栄にございます。レヴァンヌ伯爵におきましてはいつも多大な寄付をしていただきまして、感謝の言葉もありません」

いつの間に戻ったのか慇懃《いんぎん》に腰を折ったマリエスは、これ以上の接近は認めないとばかりに二人の間に立ち塞がり、青年は仕方なく行き場をなくした手を下げた。

言葉遣いと内容だけを聞けば、青年の方が立場が上に思われる。けれど壇上から見下ろすマリエスからは形ばかりの敬意しか窺えない。

過去を彷徨《さまよ》っていたルーチェの意識は唐突に引き戻され、前に立つマリエスの服を無意識に握っていた。

それを視界に捉えた青年の眼に、苛烈な火が点《とも》る。

「別にお前達のためではない。ルーチェのためだ」

「存じております よ。でもそこは創世神リシュケル様のためと仰って頂きたいものです」

「では勝手にそう解釈すれば良い」

歯を噛み締める音が聞こえそうなほど口元を引き締めた青年は、マリエスに向けた顔とは全く別の蕩《とろ》けるような表情でルーチェに微笑んだ。

「ルーチェ、怖がらないで、僕だよ。貴女に救って貰ったフォリーだよ」

「フォリー……？」

忘れられるはずがなかった。懐かしい感情が湧き上がって、熱く胸を満たしてゆく。

眼前の青年に、記憶の中の幼い少年がだぶって見えた。

今より淡い髪色は光に透ければ金に輝き、整った造形は天上の創造物と言われれば信じるほど美しかった。だが今は彼の言う通り髪の色も変わり、体つきや顔つきも幼かったあの頃とは見違えるほど男性らしく成長している。

それでも鮮やかな赤い瞳は昔と変わらなかった。

「懐かしい……本当にフォリーなの？」

「そうだよ。ああ、ルーチェは昔と変わらない……いや、ずっと綺麗になったね」

それは彼の方だとルーチェは思った。

あの頃も特別だったけれど、今や目を見張らずにいられない。その印象的な赤い瞳に見詰められれば、自然と心臓がときめいてくる。

「信じられない……また会えるなんて嬉しいわ」

「当たり前じゃないか……約束したんだから」

少しだけむくれた顔は昔と同じで愛らしく、ルーチェはかつて彼を弟のように思っていたのを思い出した。

変化のない生活の中での、唯一の柔らかい思い出。初めて、自らの手で救ったと実感できた大切な存在。

予想もしていなかった再会は先ほどまでの気鬱《きうつ》を払拭し、気持ちを浮き立たせる。

もっと話したいと思い、ルーチェはマリエスの影から抜け出した。

「ね、マリエスお願い。少しだけ時間を頂戴。後でその分ちゃんと晩のお祈りはするから。あと少しだけ、フォリーと話したいの」

「……珍しいですね。貴女が自分の希望を口にするなんて。……まぁ、良いでしょう」

言いたい事は色々ありそうだったが、マリエスは僅かな時間を二人に許してくれた。本来厳密に定められているルーチェの予定を変えるのは、とても異例なことだ。

「ありがとう、マリエス！」

「でも一刻が限界ですよ。次の鐘が鳴るまで。レヴァンヌ伯爵も、どうぞご納得くださいね」

「……分かった」

フォリーの声には苦々しいものが染み出していた。

そういえば二人は十三年前もあまり仲が良くなかったとルーチェは思い出した。特に関わり合う機会があったのではないが、当時からルーチェの一番傍にいたのがマリエスだったので、自然と三人で過ごす事も増えたのだ。

あの頃、神官達の眼を盗んでフォリーの世話を焼くルーチェを見つけ出し連れ戻すことがマリエスの役割だった。

だからなのか、フォリーのマリエスに対する敵対心とでも言うべき姿勢は数えきれないほど目にした気がする。今も友好的とは決して言えない視線の応酬を水面下で交わしていると感じるのは気のせいか。

子犬が大きな犬を威嚇《いかく》しているような微笑ましさで、ルーチェの頬は自然に緩んだ。

「マリエス、少しだけなら外に出ても良いでしょう？　遠くには行かないわ。他の人達には見つからないようにするし……昔二人で見た花が今年はもう咲いているのよ」

後半はフォリーに向けての言葉だった。最近は比較的暖かいせいか、赤い花がほころび始めている。また彼とそれを見られるとは思っていなかったので、嬉しさを隠しきれない。

「前庭の塔周りから離れてはいけませんよ」

「分かったわ！」

壇上から急いで降り、躊躇《ためら》いなくフォリーの手を取った。かつてはすっぽりルーチェの手の平に収まるほど幼かったそれは、今や逆にルーチェを包み込む。もう子供ではないのだなと、寂しいと同時に奇妙な感覚がする。

あの頃は、初めて見た自分より年下の少年にお姉さん振りたいのと、島内に詳しくないフォリーを案じる気持ちから常に手を繋いでいた。だからこそ今も何の疑問もなく同じようにしたのだが、どこか間違えた気がしてルーチェは慌てて離そうとした。

しかし素早く握り返され、あまつさえ指を絡められる。

「あ、の……」

「行こう？　ルーチェ」

「う、うん。マリエスそれじゃ少しだけ……」

優しく微笑むフォリーの瞳には揺らめく光が浮かんでいた。それを見守るマリエスは、対照的に凪《な》いだ色をしている。

フォリーの長い指には剣を握る者特有の硬さがあり、流れた年月の重みを改めて自覚した。

緊張からぎこちなく腕を引いたが、それ以上の力で引き寄せられる。仕方なくそのまま並んで歩き、外に出る間二人とも言葉を発しなかった。互いの手から伝わる温もり、それだけを感じ取りながら足を動かす。

完全に夜の帳《とばり》が下りたせいで、屋外は見渡す限り全て濃紺に沈んでいた。島の中心に建つ教会以外に人の住む場所はないので、当然生活の明かりも生まれない。空も草木も眼下に広がるはずの海も、今は同じ色に染まっていた。建物から零れる微かな明かりと、手にしたランプだけが唯一の光源だ。その中で花の香りが一際強くなった気がする。

「ここは変わらないね」

「そうね。たぶんこれからも……ねえ、それよりフォリーの顔をもっと見せて。本当にあのフォリーなの？」

これほどの美貌を持つ人間などそうそういないのは分かっているが、確かめずにはいられなかった。また会えるなんて考えもしない事だったから。

両手で青年の顔を挟み、背伸びして距離を縮めた。かつて自分の肩くらいまでしかなかったフォリーの背丈は、見上げるものへと変わっている。近付いたお陰で、見かけよりずっと逞《たくま》しい体躯であるのが伝わってくる。

その中にも変わらない面影を見つけて嬉しくなり、そっと髪を撫でれば、思った通り柔らかな感触が手のひらを擽った。色が変わっても、そこに変化はない。

懐かしさと喜びがない交ぜになり、飽きる事なく感触を楽しむ。

「大きくなったのね」

「そりゃそうだよ。もう十九だ。とっくに成人しているよ」

貴族社会の男子は十八歳になれば大人の仲間入りと見なされる。とは言え、まだまだヒヨコ扱いだ。立派な紳士になるためには、そこから様々な経験を積むのが定石だった。

フォリーは父親の死後に伯爵位を継いだと言っていたが、年齢よりも立派な落ち着きをここまで身につけるのは、並大抵の努力でなかっただろう。それを思うと、胸が締め付けられるように痛んだ。母親を僅か六歳で亡くし、その後父親も喪《うしな》っていたとは。あのいたいけな少年が舐めたであろう辛酸《しんさん》と苦痛を癒してあげられればと思わずにはいられない。

生まれて初めてできたたった一人の友達。気負う事なく笑い合えた唯一の相手。他の人に感じるのとも違う、『守ってあげたい』という感情を教えてくれた貴重な存在。

「身体はもう、大丈夫なのね？　後遺症とか……心配していたの」

「ああ、それも報告したかったんだ。あの病はもう恐れるに足らないよ。何年もかかったけれど、その甲斐あって治療薬が完成した。僕という丁度良い実験材料もいたからね……お陰で今や我が領地は、国内で最も医薬品の開発が盛んな地域だ」

「フォリーが薬を作ったの……!?」

驚きに声を上げれば、今度は大人びた苦笑を滲ませられた。よく変わる彼の表情から目が離せない。

「勿論僕だけの力じゃないよ。大勢の人が手を貸してくれた。僕も色々調べたり医師に教えを請《こ》うたりはしたけど、邪魔にしかならなかったかもね」

「でも凄いわ……！　頑張ったのね……」

頭を撫でると一瞬フォリーは複雑な顔をしたが、直ぐに眉尻を下げ甘えるようにルーチェに擦り寄る。暗黙に強請《ねだ》られるまま両手で抱き締めた。

「やっとここに来る事ができた。遅くなってごめんね」

蕩けたフォリーの笑顔は心を和ませ、つられてルーチェも微笑んでいた。

「もう忘れられたと思っていた」

「そんな訳ない！　だからこうして今日ここまで来たんじゃないか！　……ああ……本物のルーチェだ。何度夢見ただろう。その度に会いたい気持ちが募《つの》って辛かった……この匂い、変わらないね」

「匂い？」

まさか臭《くさ》いのだろうかと慌てて距離を取ろうとしたが、笑顔のフォリーに押し留められる。

「良い香りだよ。少し甘くて爽やかな……ルーチェによく似合っている。香水とかじゃないよね？　昔から香っていたもの」

自分では分からなかったが、怖々腕を嗅いでみる。だがやはり何も感じられない。しいて言えば、神殿で焚《た》き染《し》めていた香草が移っている気もする。

「……他の人はしないの？」

「そうだね。僕は好きだよ、凄く落ち着く……ルーチェの匂いだからかもしれないけど」

不意に強く抱き締められ、フォリーの胸に頬が触れた。頭上で大きく息を吸われる気配がする。つむじ辺りを嗅がれているのだと気付いて、擽ったいのと同時に気恥ずかしい。

「も、もしかしたらシハの実のせいかも！」

「シハ？」

「うん……私は肉や魚を食べられないでしょう？　でも植物ばかりじゃ滋養が足りない時があるみたいなの。それで昔から栄養たっぷりのシハの実を齧《かじ》っているのよ。この島にしかない植物らしいけど……乾燥させて粉末にしたら儀式の時にも使えるし、とても役立つものなのよ？」

神酒にシハの粉を溶かして飲めば、リシュケルとの深い一体感を得る事ができる。そうすれば記憶にないまま神託を下す事も可能で、何の力も持たない自分でも聖女としての役割を果たせるようになる欠かせないものだ。

「へぇ……そうだったんだ。もしかして赤い小さな実？　そう言えば昔見たような気がするよ」

「そう！　よく覚えているわね」

「ルーチェの事なら何でも忘れたりしないよ」

「記憶力が良いのね。フォリーは昔から賢かったものね」

褒めたつもりだったが、そう言った瞬間フォリーは顔を顰《しか》めた。理由が分からず、焦って彼の背中に手を回す。

「ご、ごめんなさい。私、何か悪い事言った？」

「そうじゃないけど……子供扱いされているみたいで、いい気はしないかな」

いくら身体が大きくなろうとも、ルーチェにとってフォリーは可愛い弟だ。それは簡単には変わらない。

困っていると、軽い溜め息が頭上から降って来た。

「今回は許してあげる」

押し付けられた硬い胸板の感触にルーチェの心がさざ波を立てる。息苦しくなって身じろげばフォリーの唇が頬を掠めたような気がした。

「……え？」

「ルーチェは同年代の女性と比べると細過ぎるよ。ちゃんと食べているの？」

「あ……うん。動き回る訳じゃないから、そんなにお腹は空かないのよ」

気のせいだったかと恥ずかしくなる。一瞬口づけをされたのかと思った。それも親愛が込められたものとは別の意味を持つものを。

「……幸せ？」

「勿論よ。毎日満たされているわ」

突然何を言い出すのだろう。話の方向性が見えなくて不安になる。

「でも、外の世界を見てみたいとは思わない？　昔は憧れていると言っていたでしょう？　ここでの生活が辛い事もあるって――だからルーチェ、一緒に外の世界へ行こう。心配しなくても、全部僕が何とかするから」

「フォリー……？」

何を言っているのかと笑いかけた顔は真剣な瞳に射竦《いすく》められた。冗談ではないと語る視線の強さに、ルーチェの息が止まる。

浮き立っていた気持ちは一気に冷えた。フォリーの言っている意味が分からない。確かに以前そんな会話をしたかもしれない。けれどそれは子供の戯言《ざれごと》に等しかった。

現実を知らないからこそ出た儚い夢だ。

「本気で言っているの……？」

「勿論だよ。ルーチェは何も気にしなくて良い。貴女と一緒にここを出るための手筈《てはず》は整っている。後は貴女が頷いてくれるだけだよ」

絶句したルーチェを正面から抱き締めるのは懐かしい弟ではなく、見知らぬ男に変わっていた。

急に周囲の闇が、濃さと粘度を増す。

「そんなの無理よ……！　私は、この島から出るつもりはないわ」

慌てて両手を突っ張り拘束を解こうとしたが、無駄な抵抗に過ぎない。絡みつく腕は力強く檻を狭める。

「っ、フォリー？」

「どうしてそんな事を言うの？　約束したよね、ルーチェ。大人になったら僕と結婚してって……あれは嘘、だったの？」

「そんなつもりじゃないけど……私は聖女だもの。その役目を捨てるなんてできない……っ」

約束に頷いた覚えはない――とはさすがに言えない。それはあまりに冷たい気がする。

「ルーチェは子供の戯言だと思っていたの？」

硬くなった声音が耳元で囁き、背筋が震えた。どうしてか人に見られてはいけない悪い事をしている気がする。先ほどまで安らぎをもたらしてくれていた腕が拘束を強め、別の意味を主張し始めた。

「離して……私、もう戻らないと……！」

「ルーチェ……！」

熱い身体を押しのけて、ルーチェは走り出した。背後でフォリーの呼ぶ声がしたが、振り返らなかった。何から遠ざかろうとしているのか自身にも分からない。けれどもし目を合わせてしまったら、逃れられなくなる気がした。

どくどくと血の巡る音がする。脚は震えて、気を抜けば崩れ落ちてしまいそうだ。

有り得ない選択肢だ。聖女である自分が役割を放棄してここから出ていくなど考えられないし、それを求めてくるフォリーが得体の知れない生き物に見えた。

敢えて悪く言うならば、人を堕落へと誘う邪な怪物。美しい顔で人々を惑わす魔物。あの可愛らしかったフォリーに対してそんな印象を抱いてしまった事も、ルーチェにとっては衝撃だった。

あれは彼の冗談だったのだと無理矢理思おうと試みた。久し振りに会った友人を驚かせようとしたに決まっている。

分かっているのに混乱が治まらず、次から次へと恐れが湧き上がって来る。

慣れない全速力で走り抜けたせいで呼吸が苦しい。そもそも早足になる事さえこの数年なく、久し振りの運動に膝が震え周囲に気を配るのも忘れる。

だから、回廊を曲がった先に人がいるとは考えもしなかった。

「……きゃ……っ」

「ルーチェ!?」

思いっきりぶつかって弾き飛ばされたのは自分自身。みっともなく尻餅をついたルーチェを助け起こしてくれたのは呆れ顔のマリエスだった。

「何をしているのです。バタバタと走り回るなど、はしたない事ですよ」

「ご、ごめんなさい」

普段ならば決してこんな事はしない。遅過ぎるくらいの速度で歩くよう心がけている。ぶつけた額を押さえながら、恥ずかしくて顔も上げられなかった。

「どうしてここに……巡礼の方達と食事ではなかったの？」

「他の者に任せましたよ。貴女が心配でしたから」

マリエスはいつでもルーチェを気遣ってくれる。有り難いが、今日ばかりは少し煩《わずら》わしい。

「貴女は聖なる存在なのですよ。皆の尊敬と崇拝を集める高潔さを保って頂かなくては……自覚が無さすぎます。いったいどうしたと言うのですか」

「……気を付けます」

マリエスの言う事は絶対だ。至極尤もな事なので反論はできない。それに何より、理由を話す事など選択肢になかった。

先ほどの出来事は誰にも話せない。知られてはいけない気がする。

俯いたまま彼の問いに答えずにいると、マリエスの細い指が顎を捉え上向かせられた。

「何かありましたか」

青い瞳が心の奥底まで覗き込んで来て、思わず息を詰めて見返してしまう。

「何も……」

「――本当に？」

訝《いぶか》しむ視線が息苦しくて眼を逸らしてしまった。まるで悪戯が見つかった幼子のようだ。

「何でもないったら……！」

これ以上問い詰められたらフォリーとの遣り取りを洗いざらい打ち明けてしまいそうで、頭を振って逃げ出した。だがそんな逃避などマリエスが許してくれるはずもない。

「レヴァンヌ伯爵と何かありましたか」

それは質問の形を借りた断定だ。

「違うわ……！　フォリーは何も悪くない！」

万が一認めてしまったら、フォリーが怒られてしまうかもしれない。それは絶対に嫌だ。

「私が昔みたいにお姉さんぶって小さい弟のように扱ったら機嫌をそこねてしまったみたい。それだけよ……」

「――彼に同情してしまいますね」

「え？」

「いえ、こちらの話です」

マリエスの呟きは上手く聞き取れなかった。気にはなったが、話を逸らすのには成功したようでほっとする。とにかくこの場を離れたい。

「本当に何でもないのよ、これからは気を付けるから……ごめんなさい。もう行くわ。夜の祈禱《きとう》をしなくちゃ」

「お待ちなさい、ルーチェ！」

勘の良いマリエスには何か気付かれてしまったかもしれない。それが怖くて先ほどよりも鼓動が速まる。何とか平静を装ってはいるが、滲む汗が背中を冷やす。

そのまま聖堂に逃げ込んで重い扉を閉じ、漸《ようや》く人心地をついた。

整わない息が苦しい。

何度も大きく喘《あえ》いで、扉に背を預けたままその場に座り込む。がくがくと震える足は、慣れない全力疾走のせいばかりではない。

フォリーの赤い瞳の底にあった暗い光を思い出し、身体中の力が抜ける。

「ど……して、」

今更、心を乱さないで欲しい。そもそも乱れる事さえ、ルーチェに罪を突きつける。

今だって祈りを捧げるためのこの神聖な場所で想うのは、リシュケルの事ではないなんて、絶対にマリエスに知られる訳にはいかない。

不意に抱き締められた腕の逞しさを思い出し、感じていた親愛の情が変容するのを呆然と見守り眩暈《めまい》がした。

自分は今いったい何を考えたのだろう？　深く突き詰めてはいけない気がする。

確かに再会は嬉しかった。けれどこれ以上の接近は危険だ。忘れていたものを抉《えぐ》り出され、変容を余儀なくされる予感がする。

二人の間に流れた時の長さを実感して、一週間後に彼が帰って行くまで何事も起こらないようにと祈らずにはいられなかった。

2　罪を刻む夜

翌日もその次も、案の定フォリーはルーチェに会うために聖堂にやって来た。昔、数日とは言えこの島で過ごした彼は、ルーチェの生活パターンを知っているのだ。丁度ルーチェが聖句を唱え終わった時間を見計らって顔を出されては、邪険に扱うのも憚《はばか》られる。それも満面の笑顔を浮かべているから尚更だった。

当初は警戒していたルーチェだが恐れていたような話題は出ず、フォリーはいたって穏やかに懐かしい思い出話を語るに留まっている。そうなれば、ルーチェには拒む理由は見当たらなかった。

昔一緒に見た青空の美しかった事。おやつ代わりに吸った花の蜜。眠りに落ちる直前まで笑い合い、そのまま朝を迎えてマリエスに怒られた事。どれもが目映《まばゆ》い光を放つ宝物。

次第にルーチェの怯えも消え、二人で過ごす時間を心待ちにするようになっていた。

他の巡礼者達や神官の眼を盗み、僅かな会話を楽しむ。密やかな逢瀬《おうせ》は甘い毒に似ていて、あと少し、もう少しと次を求めてしまう。

それも今夜限りかと思うと寂しい。

全ての儀式とつとめを終えたとき、時刻はすっかり真夜中になっていた。疲れきった身体を自室の寝台に横たえ、眼を閉じる。

巡礼者達が去る日は毎年感じる寂寥《せきりょう》だが、今年は一際鋭い痛みが走った。もう会えないと思っていたフォリーに再会し、楽しい時を過ごしてしまったせいか、今後の長い時が色褪《あ》せて感じられる。

満たされていたはずのものを物足りなく思うなんて、罪深い事だ。そう己を戒《いまし》めるのに、無意識に思い出を反芻《はんすう》していた。

この数日は本当に楽しかった。たわいない会話さえ宝物のように輝いている。だがその事実こそがルーチェを責め苛《さいな》む。

フォリーに関することは、内容が内容のため、マリエスにも相談することはできず、彼の他に頼れる相手もいない。だからルーチェは一人で耐えるより他に方法はなかった。

それ以前に、マリエスは前神官長に緊急の呼び出しを受けたと言って、昨晩から本土に旅立っているため不在だ。戻るまでに、早くても十日程度はかかるだろう。

想像以上にルーチェの中でフォリーの存在が大きくなっている。こんな風に心が落ち着かないのは何年振りだろうか。たぶん、フォリーが去った十三年前以来だ。

今夜は巡礼者達の前で最後の神降ろしを行った。

だが、大切なその儀式が始まる直前になってもフォリーが離れていってしまうという寂しさにとらわれ、集中できずにいたのだ。

視界の片隅に、気配の中に、彼を探してしまう。

そして心ここに在らずな我が身を恨めしく思いつつ、儀式に使うシハの粉末を普段よりも多く服用した。

それくらい、フォリーのことばかりが頭から離れない。

――こんな有様で、明日彼を笑顔で見送れるのだろうか。万が一にも聖女らしくない姿は見せられないから、しっかりしなくては。

思考を断ち切るため水でも飲もうかと立ち上がった瞬間、ルーチェはクラリと眩暈を覚えた。

儀式を行った後はいつもこうだ。深い集中と緊張からか、中々身体の熱が冷めない。眠ろうにも意識が冴《さ》えて、体内に疼《うず》く何かを意識してしまう。年々その感覚は鋭敏になっていく気がする。

だからここ最近はシハの量を控えていたのだが、それを今日、いつもより多めに服用したから効き目が強過ぎるのかもしれない。

体内が落ち着かないのはいつもと同じだが、時間が経つほどざわめきが増していった。

額に浮かぶ汗の量に驚く。

「暑い……」

「そう？　今夜は割と冷える方だと思うけど」

「!?」

全く想定していなかった声が背後からかけられ、ルーチェは文字通り飛び上がった。

「ああ、ごめんね。驚かせちゃった？」

「っ、フォリー……どうしてここに？」

今まで彼がルーチェの自室にまで押しかけて来た事はなかった。

ここは本来男子禁制の場所で、マリエスでさえ入室はおろか、近付く事も認められてはいない。言ってみれば、ルーチェが唯一誰の目も気にしないでいられる聖域だ。

一際高い塔の最上階、そこにルーチェの居室は設けられてる。唯一の窓は小さな明かりとりで高い位置にあるため、顔を出すのは勿論、余所《よそ》から覗くのさえ不可能だ。

「だって最後の夜だもの。明日は日の出と共に出航しなければならないでしょう？　ゆっくり話せるのは、もう今夜だけだ」

「だからって……誰かに見咎められたら、大変な事になるわ！」

慌ててフォリーを外に出そうとしたが、上手く足に力が入らずよろめいた。その隙に逃げる間もなく壁際へと追い詰められる。

聖地である島で過ごす最後の晩は、巡礼者達が身を清め思い思いに過ごしている時間帯だ。殆どの者が既に眠っているだろう。神官達も明日の準備に忙しく、呼んだところですぐには気付かない。つまり、周囲にひと気はなかった。

「明日はもう帰る日でしょう。支度しなくて大丈夫なの？」

「いつもマリエス達が聞き耳を立てていたから、じっくり話し合う事もできなかった。今夜はやっと二人きりだ。それよりその言い方……やめてくれないかな。まるで子供に言い聞かせるみたいで嫌な感じだ」

毅然《きぜん》として言ったつもりだったが、不機嫌を隠さないフォリーに威を削《そ》がれる。マリエスの名を出されたせいか急に悪い事をしている心地がした。少なくともこの部屋に異性を迎えるのは規則違反なので、もしかしたらフォリーが罰を受けてしまうかもしれない。

そう思うと恐ろしくなって、声が震えそうになるのを必死に耐え、背後の壁に身体をめり込ませる勢いで少しでも距離を取ろうと足掻《あが》いた。

余裕のない餓えた瞳が可愛らしさを打ち消し、鋭さが強調されている。そのせいで今夜の彼は再会した時よりも切羽詰《せっぱつま》って見える。

薄暗い室内で蝋燭の火が揺れる度、互いの影も踊り、気紛れな陰影が表情を曖昧なものに変えた。

「ご、ごめんなさい……でも、」

「驚かせてしまったならごめんね、ルーチェ。だけどどうしても今日中に話をしたかったんだ。だからこうして非礼を承知で直接会いに来たんだよ。お願いルーチェ、僕と一緒にこの島を出よう？　ここにいたら、貴女は幸せにはなれない」

「……どうしてそんな事を言うの……」

混乱する頭を振り、フォリーを見上げた。「冗談だよ」と言われるのを期待したがそれは叶えられず、代わりに真剣な眼で見下ろされる。

彼の強い視線は、ルーチェの心の奥底にまで侵入するような熱を燻《くすぶ》らせていた。

しかし、彼に何と言われても、島を出るという選択肢は有り得ない。自分が祈りを捧げるのをやめてしまったらどんな影響があるのか分からず、苦しんだり困る人が出るのかと思うと恐怖で身が竦む。

そんな可能性を徒《いたずら》にちらつかせるフォリーは、酷く残酷な気がした。

これがもし十三年前なら、ルーチェは頷いていたかもしれない。歓喜に震え、迷う事なくその手を取っていただろう。当時は無邪気に外に憧れを持てた。

――だが、もう無理だ。

自分は既に道理の分からぬ子供ではない。責任や義務というものを知っている。何より、見知らぬ場所に飛び出さねばならぬ理由がない。

「無理……無理よ。そんな事はできないわ……」

「どうして……!?　ルーチェだって昔は外の世界に憧れていたじゃないか。こんな場所にどんな未練があると言うんだ……!?」

「ここが私の居場所だもの……他の生き方なんてできるはずないわ」

先日よりも頑《かたく》なフォリーの口調に疑問を持ったが、確認する余裕さえ与えて貰えない。

ぐっと握られた腕が痛い。それなのに先ほどから体内を炙《あぶ》る熱がおかしな反応を引き起こして、腰から力が抜けかかった。苦痛が別の何かに塗り替えられる。息が上がり、頬に朱が走るのを止められない。

可能ならば、今すぐにでも横になって休みたかった。そうすればいつもは次第に息苦しさが収まっていくのに。

だが、そうすることは許されず、吐息がかかるほど顔を寄せられ、紅玉の瞳に射抜かれた。瞬間、あまりの美しさに呼吸を忘れてしまう。

「マリ……エス……」

突然の事態に混乱して無意識に口をついたのは、一番信頼する人の名前だった。子供が親に助けを求めるようなもので、声に出したという認識もなかった。

しかし、その一言は間近にあるフォリーの瞳を陰らせた。

「……僕よりマリエスを選ぶの」

「……え？」

意味が分からず眉をひそめると、フォリーの顔が憎々しげに歪み、ルーチェの肩口に埋められた。

「そう……ルーチェにとってあの約束は、子供を宥《なだ》める程度の軽いものでしかなかったんだね。マリエスと共にここで暮らす方が幸せだと言うんだ」

「何を言って……」

ふ、と生温かい吐息が耳を掠め、一気に身体が強張る。

「……ぁっ、ん」

その瞬間、出した事もない声が漏れ、ルーチェ自身が一番驚いた。それはフォリーも同じなのか、こちらの顔を凝視している。

「ルーチェ……？」

「や、擽ったい……っ、そこで喋らないでぇ……」

微かな湿った熱が首や耳朶《じだ》にかかる度、ゾクゾクと背筋が震えた。無視できない感覚が、掴まれた腕、服が擦れる場所から湧き上がる。今や誤魔化せないほど全身が熱い。

今までも儀式の後に妙な感覚に苛まれる事はあった。だが、これほど酷くはない。経験した事のない現象に焦り、ルーチェは混乱していた。

無意識に足を擦り合わせ、滲む涙を堪《こら》えようとした。

だが、極僅かな刺激を拾い、勝手に何かがせり上がる。

悲しいわけでもないのにボロボロと涙が止まらず、吐き出す息が震えてしまうのを抑えられない。

「ふ……触っちゃ駄目……、何か変……っ」

「どうしたの？　これじゃまるで……」

「え……？」

渦巻く熱が出口を求めて暴れ狂う。何を求めるのかも分からぬまま、このままではいけないと思った。

不思議にも足の間にぬるつく感触がして気持ちが悪い。粗相をしたのとは違うと思うが、それをフォリーに知られてはいけない気がして、誤魔化すために身を捩《よじ》った瞬間、纏った薄衣《うすぎぬ》が胸の頂《いただき》を擦った。

「……あっぁ？」

むず痒い何かが一気に駆け抜ける。

ついに膝が崩れてそのままフォリーの腕の中に倒れ込んでしまえば、その刺激にすら声を出してしまいそうな自分がいる。

（これは何――？）

背中に回された腕がルーチェを抱き、間近に感じる他者の体温と香りに、眩暈に似たものを引き起こされた。

どこを触られても甘い痛みが走り、油断すると媚《こ》びたような声が出てしまう。動き回った訳でもない癖に、息を荒げて呼吸する。だが息苦しさは消えてくれない。それどころか益々胸が圧迫感を訴えた。

「ルーチェ……何か、おかしなものを口にした？」

「……ぅ、何の事……？　私は決められたものしか食べないわ……フォリーだって知っているでしょう？」

「そうだけど……これは……」

訝しげに首を傾げたフォリーは目を細めた。悪戯な指がルーチェの唇に触れる。

「ひゃ……ん!?」

「それとも僕を誘っているの？」

ぼんやりと霞んだ頭では、彼の言いたい事が理解できない。定まらない視線はふらふらと彷徨う。

ひたすらに高まる熱は出口を求め、汗となって噴き出して胸もとに滑り落ちる。熱くて暑くて、羞恥も忘れ、纏っているものを全て脱ぎ捨てたい衝動に襲われた。

「まるで媚薬でも飲んだようだね。そう言えばさっきの儀式前……何かあおっていたでしょう。あれは？」

「ん……儀式の前にはいつも飲むの……前に言ったでしょう？　シハの実を乾燥させて粉にしたものを神酒《みき》に混ぜて……そうするとリシュケル様との一体感を得られるのよ。今日は特別な日だから……少しだけ量を多めに……」

なるほど、と呟いたきりフォリーは沈黙した。その間にも狂おしい疼きがルーチェの中を駆け巡っている。乱れた息は整わず、抱き締められているのが苦痛になり始めた。もっと直接的な何かが欲しいのに、それが何なのか分からない。ならばいっそ放っておいて欲しいのに、フォリーに放してくれるつもりはないらしい。

「苦しい……？　ルーチェ」

「う、うん。何だか熱くて堪らないの……助けて、フォリー……」

恐ろしくなって彼にしがみ付く。一瞬固まったフォリーは低く呻《うめ》いた後、ルーチェの耳を甘嚙みした。

「誘う……？」

「……やっ……」

「じゃあもう一度聞くよ、答えてルーチェ。僕と一緒に来てくれない？　必ず幸せにするから」

弄ばれる耳たぶから全身に震えが広がる。薪を加えられた炎はいよいよ火力を増してルーチェ自身を飲み込んでゆく。まともな思考などできるはずもなかったが、ルーチェは頭を振った。それは無理だと伝えるために。

「駄目、駄目よ……だって私は……」

「――そう……それなら仕方ないね。残念だけど、強引に奪うしかない」

「……!?」

突然の浮遊感に驚いて目を見張れば、フォリーに抱き上げられている事に気が付いた。男性にしては華奢だと思っていた体躯は想像以上に逞しく、痩せぎすのルーチェの身体など何の障害にもならないらしい。

ふらつく事もなく部屋の奥に運ばれ、質素な寝台へと下ろされる。二人分の体重を受けて軋む音が、不穏な悲鳴に聞こえた。

「フォリー？　どうしたの？」

「ルーチェはこれからも聖女でいたい？　神の伴侶として死んでいくまで」

「……それが私の役目だもの」

今更、だ。何度聞かれても答えは変わらないし、それ以外の生き方など知らない。

間違えた事は言っていないはずなのに、傷付いたような眼をするフォリーに罪悪感が湧いた。

「……分かったよ、ルーチェ。それなら選択肢を減らしてあげる」

「……え……!?」

フォリーがルーチェの夜着のあわせに手をかけ、薄衣は簡単に開かれた。もとより前で合わせて留めただけの簡素な作りだ。腰で結ばれていた紐も解かれ、瞬く間に身体を隠すものは奪われてしまう。

外気にさらされた肌が粟立った。

「や……っ」

食い入るようなフォリーの視線を胸に感じ、耳まで赤く血が上ったのが分かる。煩いほどに鼓動が暴れ狂っていた。

裸を他人に、しかも異性に見せるなどしてはいけない事だ。理由は説明されなかったが、それは罪深いことなのだと、幼い頃からマリエスを含む大人たちに教えられて来た。女性の身体は時に人を堕落させるから、決してみだりに肌を晒してはならないと言い聞かせられ続けている。

一刻も早く夜着を羽織らねばと思うのに、汗ばんでいた肌には冷たい空気が心地好い。

「綺麗だよ。本当に神の花嫁として相応しい……だから、穢してあげるね？」

「何……言って……」

震える肌を隠そうと両手で胸を覆ったが、容易に剝がされ頭上に押さえ付けられてしまった。そのせいで、豊かとは言えないが柔らかな双丘をフォリーに差し出すように突き出す形となる。

「聖女様の条件は純潔である事も含まれていたね？　まっさらな身体で御許に向かうために。もしその前に別の男に貞操を奪われたら、どうなってしまうのかな？」

「フォリー？　あの、何の事を言っているの？　もしかして怒っているの？」

硬い声音が恐ろしくて涙ぐみながら見上げた。フォリーが自分に酷い事をするとは思っていないけれど、ここまででも十分禁を犯している。彼が罰を受けるような事態にもなって欲しくない。

合わせた視線の先で、フォリーの表情が労《いた》わるような優しいものに変わる。

その柔らかな雰囲気に、ルーチェはほっとした。ちょっと悪戯が過ぎたのだろう。いつもと同じ穏やかな彼の様子にルーチェは安堵し、今にも「ごめんね」と笑ってくれるだろうと疑いもせずに待った。

だが、次に発せられたフォリーの言葉に、ルーチェは凍りついた。

「そうだね――冷静ではないかもしれない。でもきっと何度繰り返しても同じ方法を選ぶ気がする。理由をつけて、こうしたいだけかも。だから――怨《うら》んで良いよ。憎んで呪って……僕と同じ汚い感情に満たされれば良い」

「……!?」

柔らかなもので口を塞がれる。眼を見開けば、焦点が合わないほどの近さにフォリーの美貌があった。逃れようとしたが後頭部を押さえられているせいで叶わない。

息もできず眼を白黒させて、動かせる僅かな場所に力を込めたが、覆い被さるフォリーの身体を撥《は》ね退《の》ける事は叶わず、無意味に身体を擦り付ける結果となった。

唇を合わせる事の意味がルーチェには分からない。

口づけは感謝や親愛を表現するためのもののはず。それさえ見聞きした知識であって、ルーチェには体験した事柄ではない。

ただ口内で蠢《うごめ》くフォリーの舌を噛んではいけないのは理解したので、必死に顎の力を抜いた——というより、弛緩《しかん》してしまっていた。

擽ったいのに不快ではなく、甘く舐められ絡みつかれる。舌や上顎に施される愛撫に夢中になり、何も考えられない。逃げ惑う自身の舌を根気強く追い求められ、捕まれば擦り合わせられる粘膜が淫らな刺激を生む。

「ふ……ん、ん……」

ちゅくちゅくと濡れた音が頭に響き、掻き混ぜられる度、いやらしく滾《たぎ》る熱が鼻から抜けていく。

嚥下《えんか》しきれず口の端から零れた唾液を辿る舌に気を取られているうちに、大きな手に胸を弄《まさぐ》られていた。

「どうして……そんなところ触るの……?」

「ルーチェが僕を受け入れられるように準備するためだよ。気持ち良くない？」

「や……何か恥ずかしい……」

自在に形を変える乳房の先が硬く尖り、次第に赤く色づき始めて存在を主張してゆく。同時にうねるような欲が高まっていった。乳房の頂をつままれ転がされると、言いようのない感覚がせり上がる。これまで一度も味わった事のない不思議なむず痒さで、時折肩が跳ねるのを止められない。

「真っ赤になって……可愛い」

耳に額に首に沢山の口づけが降り注ぎ、合間に舌で擽られ沸騰しそうになる。耳の中に濡れた吐息を吹き込まれた時には、思わず鼻にかかった声が漏れてしまった。

「や、ああ……っ」

「好きだよ、ずっとずっと貴女だけが僕の特別。この日が来る事をどれだけ待ち侘《わ》びた事か……初めて会ったあの日から、気持ちが変わる事はなかった……」

甘く囁きつつ、その手に容赦はない。下肢から忍び込んだ指が太腿を撫で、秘められた園へと迷いなく進む。そこは不浄の場所だとルーチェは教えられて来た。

排泄のための器官であり、人の身体の中で最も罪深く穢れを担うところであると。用を足す時と清める時以外触れてはいけないのだと信じていた。それなのにフォリーはそこを執拗《しつよう》に撫で摩《さす》る。

「いや……っ、そんなところ……っ」

「ここ、ちゃんと解《ほぐ》さないとルーチェが辛いよ？　貴女を苦しませるつもりはないんだ。ただ快楽に身を任せてくれれば良い」

「ひ……あ⁉」

拒まなければと思っても、頭を裏切って身体は従順にその先の快楽を強請る。むしろ迎えるように足の力が抜け、その間にフォリーが身体を割り込ませる。

ごまかせないほど、気持ちが良い。だが、こんな事をされて何故そう感じてしまうのか、恐怖を覚える。

不安に視線を泳がせていると、優しく微笑んだフォリーに促され、押さえられていたはずの腕は彼の背中に回された。

ただ熱くて湧き上がる衝動をどう発散すれば良いのか分からず、フォリーの背中が答えを持っている気がして必死にしがみ付けば、それが正解とばかりに彼が額に唇を落としてくれる。その行為に、愚かにも安堵している自分がいた。

「大丈夫、怖くないよ。できる限り痛みなんて感じさせないから。ふふ……聖女様も普通の女と同じだね。ここ気に入った？　いっぱい可愛がってあげる」

「……あっ……嫌ぁ……っ、ア、んッ」

フォリーの指がルーチェの中心を弄る度、白い火花が幾つも散り声が抑えられない。指の腹で蕾《つぼみ》を擦られ、ぬるぬると上下し、不規則に弾かれ押し潰される。にちゅ、くちゅ、と水音が大きくなっていき、抗えない波に呑《の》まれた。

「……ぁっ、ぅン……、そんな所……触らないでぇ……！」

「凄いな……どんどん蜜が溢れて来る。嬉しいよ、そんなに感じてくれるなんて……ほら見て？　これが貴女が気持ち良くなっている証拠」

眼前に差し出されたフォリーの指には、ねっとりとした透明な液体が光っていた。蝋燭の明かりを受け、淫らに滴《したた》る。

「何……？　それ……」

「知らないの？　本当に無垢なんだね。ルーチェの身体が悦《よろこ》んでいる証だよ」

「よ、喜んでなんかいないわ！」

何かが違う。決定的に間違えている。取り返しがつかなくなる前に正さねばならない。子供扱いを彼は嫌うけれど、年長者として毅然と対応しなくては。何より自分は聖女なのだから――

「駄目！　やめてフォリー。不浄な場所に触れるのも、おかしな心地がするのもきっと邪悪な行いに違いないわ。落ち着いて話し合いましょう……？」

「……ふぅん……まだそんなこと言うんだ。ここはこんなに甘く蕩けているのにね。ルーチェだって辛いはずでしょう？　疼いて仕方ないんじゃないの？」

それは事実だった。どうしようもないほど、苦しい。暴れる心音が煩くて、胸を突き破りそうだ。切ない飢えがあらゆる自由を奪ってゆく。

「それでも……きっと、試練なのよ」

「はは……っ、じゃあ耐えてみせてよ。神への誓いと肉欲の誘惑……どちらが強いのかな」

暗く淀《よど》んだ瞳には見覚えがあった。出会った当初フォリーが浮かべていた絶望の色だ。十三年前共に過ごした一週間で打ち消せたと思っていたのに、大層な勘違いだったらしい。手負いの獣は、変わらずフォリーの中に住んでいた。

「……！　あぁっ？」

太腿を抱えられ膝を曲げられてしまえば、誰にも見せた事のない穢れた場所がフォリーの目の前に晒される。更に衝撃はそれだけでは収まらず、秀麗なフォリーの顔が足の付け根へと埋められた。

「やっ!?　いやぁっ!?」

舐められたのだと頭は理解しても、心が拒絶する。

それなのに舌全体でねぶられ、尖らせた先で突かれれば身体は激しく痙攣《けいれん》した。息をする間もなく嬌声が零れ、全身の毛穴が開き一気に汗を放出する。極彩色《ごくさいしき》の世界がそこにはあった。

「あっ、うアッ……嘘……っ、汚い……！」

「汚くなんてないよ。むしろ綺麗過ぎて怖くなる。誰にも踏み荒らされていない新雪を蹂《じゅう》躙《りん》しようとしているみたいで、少しだけ罪悪感が湧くかな。でも今から僕が穢してあげる。二度と引き返せないように」

口元を拭いながらフォリーは妖艶に微笑んだ。顔立ちは愛らしいままのはずが、別人のように獰猛《どうもう》な印象を醸していた。

指とは違う生温かい肉厚な組織が、すっかり膨れ上がった真珠を再び転がす。

「は、ぁっ、あ……あぁッ」

「……ん、指と舌どちらの方が気持ち良い？　ルーチェ？」

「そんなの……分かんな……っ、ゃあッ」

「じゃあ、比べてごらん？　ほら」

きゅ、と摘まれ二本の指で嬲《なぶ》られるのは最も敏感な場所だ。反動で跳ね上がった腰は不本意にもフォリーへ押し付けられ、更なる悦楽を生む事になる。

「ン、ぁあ……っ！」

「可愛い蕾が顔を出している。どう？　舐める方が良い？」

「変な事言わないで……！　も、もうやめて……ゾクゾクしておかしくなる……ッ」

会話の間にも、絶えずフォリーの指は下肢の突起を弄った。切ない疼きはもう堪えられそうもない。やめてと懇願しながらも、実際ここで手を引かれては一晩中苦しむ事になるのは容易に想像でき、情けなさから新たな涙が伝い落ちた。

熱を冷まして欲しいと口走りそうになるのを必死に噛み殺し、霞《かす》む視界でフォリーを睨む。

「強情だな。そこも可愛いけれど」

「あ……！　ふ、ぁアっあ！」

きゅうっと強めに敏感な芽を摘ままれた瞬間、ルーチェは背をしならせて達した。手足は突っ張り、意思と無関係に跳ね踊る。幾つもの光が弾けて散った。

「今のがイクって事。でもまだ序の口だよ。これからもっともっと快楽を教えてあげる」

愉《たの》しげに謳《うた》うフォリーは昔と変わらず純粋な美しさを持っているのに、その瞳には隠しようもなく暗い影が落ちている。それでも惹き付けられずにはいられないのは、かつての面影もまた失われていないからだ。光が強ければ強いほど、後ろに落ちる闇も濃いものへ変わる。

本能が、これ以上はいけないと訴えた。

その先を知ってしまえばもう戻れない。自分も、フォリーも。

「フォリー……駄目……」

「ごめんね、ルーチェ。貴女を傷付けてでも……僕はルーチェが欲しい」

ほんの一瞬泣きそうに顔を歪ませたのは、かつて見慣れた少年の表情と同じものだった。だから抵抗も忘れ見入ってしまったのは仕方ない。

こんな状況も忘れて慰めてやりたくなり、無意識に両手を広げた。くったりと弛緩していた腕を僅かに動かしただけだから、恐らくフォリーは気付かなかったかもしれない。

「ねぇ、資格を失った聖女はどうなるんだと思う？　ただ人《びと》になって神に見捨てられるのかな？　そしたら居場所はなくなるね……僕の腕の中以外には」

「資格……失う……？」

トロリと腿を伝うものが何なのか、ルーチェに教えてくれる者はこれまでいなかった。それは聖女に不要な知識であり、また厳重に秘された世界。清らかである事――それを求められるのだから、男女の睦言など邪魔でしかない。興味さえ抱けぬよう、厳重に遠ざけられていた。

だからこの先に待ち受ける展開をルーチェは知らない。

「ただ人となったら、いくら貴女が望んでもここにはいられない。でもルーチェは何も悪くないよ。全て僕の罪だから、償うのは僕ひとり。だから安心して堕ちて」

柔らかな囁きは、言葉の恐ろしさとは裏腹に優しく耳に注がれる。頷いてしまいたくなる切なさを伴い、祈りに似ていた。

「堕ちる……」

最早意味を理解できるほどの判断力は残されていない。かけられる台詞をオウム返しにしながら、ルーチェは浅い呼吸を繰り返した。未だ身体の奥には埋火《うずみび》が残る。新たな刺激を得れば、すぐにでも再び妖しい世界へと連れ去られそうだ。

チクリとした痛みが鎖骨付近に生まれ、視線だけを向ければ、フォリーがルーチェの肌に吸い付いていた。何度も繰り返される度、赤い華が散っていく。

「ルーチェの肌は白いから、一際、痕が目立つね」

「何……？」

「貴女が僕のものっていう印」

心底嬉しそうにフォリーが告げ、腹や腰にも同じものを刻んだ。

「……ひゃ……ぁっ」

「一回達したくらいじゃ疼いて辛いでしょう？　大丈夫……楽にしてあげる……だから
もっと力を抜いて」

「ぁっ……や、ん!?」

「ねぇ分かる？　ルーチェの乳首、真っ赤に腫れている……それに下も」

「きゃぅ……！」

ぬるりと滑った指がルーチェの知らない場所に差し込まれた。先ほどまで弄られていた
のよりもっと下。自分の身体にそんな隙間があったなんて信じられない。

体内で蠢く指が違和感を呼び、やめてと叫びそうになったが、それより早く親指で擦ら
れた芽から暴力的な快感が引き摺り出された。

「あぁぁっ」

「美味しそう……瑞々しい果実みたい」

「……あっ、ぁあっ、いやぁ……っ？」

温かく滑る舌が、そこを這った。そして、先ほど強い悦をもたらした蕾へ器用に絡まり
弄び、舌全体で押し潰され唇で食まれれば、頤《おとがい》を仰《の》け反らせて泣き喘ぐより他はない。

「んん……っ、あっ、ぁあ……！」

「ん……良い声……もっと聞かせて……」

じゅるっと耳を塞ぎたくなる音が脚の付け根からした。聞きたくないのに耳を塞ぐこともできず、鋭敏になった身体は、太腿に擦れる茶色の髪にさえ過剰に反応した。

「や、……フォリー、また……また来ちゃう……駄目っ……」

「さっき教えたでしょう？　『来る』じゃなくて『イク』って言うんだよ。それに大抵の人は知っている。これがとても気持ちの良い事で、生物なら自然な衝動だってね。もっとも恋人や夫婦同士なら、だけど」

ならば今の行為は間違っているという事になる。何故なら二人はそんな関係ではない。そして自分はリシュケルに捧げられるべき存在なのだから。

「駄目！　フォリーが罰せられてしまう！」

「――こんな時まで人の心配？　優しいね。……でも残酷。僕が欲しいのは聖女様じゃない、ただのルーチェだ」

「ふぁあっ」

節くれだった指が前触れなく奥まで侵入し、ルーチェの内側を探る。直接内部に施される愛撫に爪先まで震えが走った。

「これだけ濡れていれば痛くはないよね？　でも、辛かったら言って」

言うや否や本数が増やされたのが分かり身悶えたが、押し広げられる動きに口を閉じていられなくなる。ぴりりとした痛みを感じたのは一瞬で、それぞれが別の動きをして暴れまわれば、嬌声を奏でる以外道は見つからない。

「んっ、ん、ぁぁあっ」

「可愛い。可愛い。もっと鳴いて」

ぬちゅぬちゅと掻き出されるのは何の液体なのか。この先どうなるのかも分からず、ルーチェは恐怖に喘いだ。ぬめるそれを丹念に蕾にも塗りたくられ、滑りが良くなれば快感も増してゆく。

気持ちが良いというのは罪悪な気がする。朝日を浴びたり身体を動かすのとは種類が違い、隠されるべき秘め事。悦を感じる度、魂が闇に侵食される。それなのに澱《おり》が溜まるように快楽は蓄積された。

「……フォ、フォリー……怖いよ。私が私でいられなくなってしまいそう……！　頭の中が破裂しそうで、お腹の中がザワザワする……！」

「それが気持ちいいって事だよ。ほら認めてごらん？　もっともっと好くなるから」

「ぁ……もっと……？」

蕩けた瞳で見上げれば、情欲に染まった目を光らせた男が笑んでいる。それはさながら堕落に誘う邪悪な存在だったが、淫悦に流されたルーチェの視界には捉えられなかった。

ひたすらに行き場のない熱が己を責め苛《さいな》み、焦燥は加速度的に高まった。

引き返せ、と囁くのは自身の声だが急速に遠退いてゆく。刹那の快楽に焼き尽くされてしまう。このまま流され何が悪いのかと誘惑するのもまた己の声だ。

本来のルーチェであれば、そんなものに屈しはしなかっただろう。だが今夜は全てが違った。最初から何かがおかしかった。

抗えない熱も。それを鎮める方法も。拒みきれない腕も。あらゆるものが未知だった。

霞《かすみ》がかった頭は冷静な判断力を失い、解放を望む。

「助けて……フォリー、苦しいよ……！」

ついに助けを求めて両の手を差し伸べた。その手を取り、フォリーは妖艶に微笑む。

「勿論だよ。愛している、ルーチェ」

「ひっ……ぁああっ!?」

熱いと感じたのは錯覚かもしれない。それは確かにフォリーの一部で人体なのだから、燃えるほどに発熱している訳はない。けれど、焼き尽くされるかというほどの灼熱が太腿に触れた。

どこもかしこも綺麗な青年には似つかわしくないグロテスクなものが、天を目指してそそり立っている。先端から零れる滴は涙のようだとぼんやり思う。

赤黒いそれが、ルーチェの脚の付け根を捏《こ》ね回す。お互いの体液を絡ませ合うのは卑猥な光景で、同時に神聖な儀式にも見えた。

「ん、ふ……っァあっ」

「こんなに潤んで……悔しいけど、感謝しなきゃならないかな？　破瓜《はか》の苦痛は味わわせずに済みそうだ」

深い口づけで気を逸らされている間にフォリーは上体を倒してきた。それにより、ぬかるんだ場所に圧迫感を覚える。

脚を大きく開かれても、もう恥ずかしさは感じない。それ以上に狂おしい欲求を抑えきれず、腰を持ち上げられるのにさえ協力的に従った。

燻っていた飢餓《きが》感は理性では最早どうにもならず、発散させなければ狂ってしまいそうだ。その方法をフォリーが知っているなら、教えて欲しかった。

「ルーチェ……ごめんね。でも必ず守るから……」

ゆっくり、でも確実に狭い道を押し広げられる。経験した事のない圧迫感を逃がしたくて、フォリーの背に回した手に力を込めた。自分の爪が彼の素肌に食い込むのを感じたが、気にする余裕は最早ない。

「……かっ……ぅ、あっ、あ」

「力抜いて……きつい……」

淫らに開かされた脚を強引に押さえ込まれ、自然にずり上がる身体を引き戻される。ポタポタと降り注ぐ汗がルーチェの肌を更に濡らした。

初めて他者の重みというものを知り、密着する体温に混乱する。

「見て。ルーチェが僕を飲み込んでいくところ……凄く綺麗でいやらしい……」

異物感は凄まじいが、痛みはなかった。それよりも、欲しかったものが埋められていく事に充足感を覚える。互いの間にあった空間がなくなってゆき、吐息も混ざり合う。

身体中舐められ、喰らわれているのはルーチェの方なのに、肉体はフォリーを飲み込んでいった。見たくなどないにも拘わらず、視線を逸らす事もできなかった。自身の体内に沈んでゆくのが他人の一部なのが不思議でならない。

「あぁあっ」

「ああ……ルーチェの中は温かいな……それに凄く気持ち良い……」

擦られる粘膜がひりつく感覚を訴えたが、直ぐに快楽に上書きされてしまう。過敏に研ぎ澄まされた神経は小さな刺激も拾い上げ、貪欲に次を求める。

フォリーは苦痛に耐えるような顔をしながら、一瞬たりとも見逃したくないとばかりにルーチェから視線を逸らさなかった。

「ひ、んっ……何？　これぇ……っ」

「ああ……油断しているとすぐにでも持って行かれそうだ……っ、情けないな、やっとルーチェと繋がれたから我慢できない」

途中、妙な引っ掛かりを感じた。感覚の狂わされた身体でも、微かな痛みをおぼえる。ルーチェの歪んだ表情に気が付いたフォリーは、一度その動きを止めた。

「やぁっ……ああ！」

卑猥に膨らんだ花芽を撫でられ、身体が跳ねる。その様子を満足気に見詰めたフォリーは執拗に同じ場所を責めた。堪らず何度も喉を晒して、脚の指が丸まってしまう。

「……ゃ、ァあッ、あ、あっ」

幾筋もの涙が頬を伝ったが、それを全て丁寧に舐めとられ、甘い口づけに宥められた。唇が辿る軌跡にさえ腰が震えてしまう。

痺れた内部が収縮を繰り返した瞬間、フォリーはうっとりと笑った。

「ごめんね？　もう……戻れないよ」

「ん、あぁあっ!?」

引き裂かれる痛みと共に互いの距離は失われた。ぴったりと密着する二人の腰が、先ほど目にしたフォリーの屹立が全て自分の中に埋められた事を証明する。

あの大きなものが体内に収まったなどとは到底信じられず、呆然とそれを見守った。

しかし苦痛を感じたのはその一瞬で、その後はじわじわと広がる疼きに戸惑いを隠せない。鎮静するどころか痛みさえ糧《かて》にして身体中を侵食してゆくのは、紛れもなく快楽だ。

「何……？」

「辛くない？」

「う、うん……それより変なの……っ」

身体の一番奥から水が湧き上がる。それなのに喉が渇いてゆく。癒せない渇きは思考を鈍らせた。

「ルーチェは変じゃないよ。でもそんな目で見られたら、本当に耐えられないかも……っ」

性急に口づけられ、絡まり合う舌と下肢が同じ水音を奏でる。触れ合う肌は互いの体温を貪り合い、熱くて堪らないのさえ心地好いと思ってしまう。

「……動くよ……ッ」

「あぁっ!?」

ずるりと引き抜かれる喪失感に背筋が戦慄《わなな》く。そして反動をつけるように勢いよく最奥へと叩きつけられた瞬間、ルーチェは真っ白な世界に放り出された。

「……ひッ、あぁ……！」

濡れた内壁が歓喜するかの如く騒めき収縮する。揺さぶられて激しく上下する胸へフォリーの手が伸ばされ、柔らかく揉み込まれた。

「ルーチェはこちらより下の方が感じる？　教えてよ。最高に気持ち良くなって欲しいから」

「やぁ、あ……っ」

どこが良いかなどもう分からない。正直に言えば、全てが快楽に直結している。頬や腹に触れられても、それどころか吐息に炙られるだけで、淫らな衝動がせり上がる。

「意地悪だな、言ってくれないの？」

意地が悪いのはどちらだと言い返したかったが、そんな余裕は微塵《みじん》も残ってはいない。ただ凄絶《せいぜつ》な色香を纏うフォリーに当てられ、ルーチェの下腹部がびくびくと波打った。

「……っ、ずるいよルーチェ……そんなに締めないで」

「ん……ふぁっ、アァッ、あっ」

「ルーチェ……ああ、ルーチェ……」

甲高い嬌声が一層フォリーを煽《あお》ったのか、幾度もルーチェの名を呼びながら腰を揺らす。その度に、掻き出される愛液がぐちゃぐちゃと泡立った。

「ひ、ぁあっ、あ！」

散々弄られた蕾は僅かな刺激にも過敏に反応し、指で愛《め》でられた事により快楽の上限は一段上へと跳ね上がる。

「やっぱり反応はこっちが一番かな。そのうち中でも感じるようにしてあげる。でも今は……」

「や、やめ……っ、あ、あ……」

包皮《ほうひ》から顔を出した肉芽を柔らかく摩られ、頭を振り乱して身悶える。それでも逃しきれない淫悦が涙となって溢れ出した。

「やめない。貴女の中にいるのが誰なのかよく刻み付けないと。この感覚を忘れないで、ルーチェ」

「……ん、ァっ、ああ」

緩やかだった律動が速度を上げ、ルーチェの最奥を征服する。剛直が最深部へ辿り着こうとでもいうように捩じ込まれ、子宮口に先端が押し付けられた。

「やぁ……！　乱暴にしないで……！」

そうは言いながら、内臓を押される息苦しさも別の何かに書き換えられる。甘やかな喘ぎがそれを証明してしまっていた。

「乱暴になんてしてないよ。だってこれ、気持ちが良いでしょう？」

「ひ、ぁ、あぅッ」

抉られたのは、指で解された時に激しく反応してしまった箇所だ。お腹側にある一点を擦られ、鮮烈な快楽が脳髄を揺さ振る。

開きっ放しになったルーチェの口をフォリーの唇が塞ぎ、荒く舌を吸われた。立て続けに与えられる嵐に翻弄され、まともな思考力は残っていない。

「……あっ、あ、ふぁっ、も……壊れる……っ！」

「……壊れても良いよ……っ、何度でもイけば良い……！」

突き入れられたまま円を描くように腰を動かされ、白く泡立った蜜液が掻き出された。その酷く淫猥な光景にフォリーが息を呑む。

「ああ……もっとルーチェを悦ばしてあげたいのに……っ、僕も限界だ」

「んぁッ、ああっ……あッ、んっ」

叩きつけられる肌がぶつかり合い、淫らな音を奏でる。激しい律動でルーチェの爪先がガクガクと揺さ振られた。

膨れ上がる快楽が全てを喰らい尽くす。もう何も考えられず、その先に在る真っ白な世界を追い求めずにはいられない。

「……受け取って、ルーチェ……っ！」

「やあ……あああぁッ!!」

身体中の筋が収縮し、ルーチェは痙攣した。思考の全てが木っ端微塵になる。

体内で生々しく存在を主張する滾りが更に体積を増し、そして弾けた。

「……っ！」

お腹の中に焼け付くような熱が吐き出される。何かに侵食され、満たされる。一滴も漏らさないとでも言うように一番奥で解放されたものが、ルーチェを塗り潰した。

「……っく、これで僕は世界一幸せな略奪者だね」

妖艶に微笑むフォリーに見下ろされながら、ルーチェの意識は混濁《こんだく》していった。

3　罪人の苦悩

赤い華を身体中に散らし意識を失ったルーチェに、フォリーは口づけた。

当然反応はないけれど、舌で歯列を擽ると鼻に抜ける声が聞けて満足する。

蹂躙し尽くされ正直ボロボロであるのに、それでも彼女は美しい。秘所から零れる白と赤の対比が、艶めかしくフォリーの眼を射《い》った。

「やっと……手に入れた」

本当は違う形を望んでいたけれど、罪悪感を上回る歓喜に震える。どうしようもない己の本性に吐き気がした。こんな自分に執着されて、ルーチェは可哀想だと思わない訳じゃない。それでも湧き上がる喜びを、フォリーは無視することができなかった。

可能なら説得して、同意を得た上で一緒に逃げ出す算段だった。予定はだいぶ狂ったが、もう構わない。結果が同じなら、過程など些末《さまつ》な事象でしかない。

唯一気になると言えば、そもそもの原因となったと思われる〝あれ〟だけだ。

フォリーは古びた棚に置かれた大皿に眼を遣《や》った。

寝台の脇に置かれたそれには、小さな赤い実が山と盛られている。甘酸っぱい爽やかな香りは、いつもルーチェから香っているものと同じだ。過去何度も彼女がそれを口にするのを見かけたから、これがシハの実に間違いないだろう。

一粒手に取り、口に放り込む。

匂いとは裏腹に、殆ど味はしなかった。極僅かな甘みがしなくもないが、美味しいかと聞かれればかなり微妙だ。

けれど飲み下して数秒後、クラリとした酩酊《めいてい》感が生まれた。それはほんの一瞬だったが、大量に摂取すれば酒に酔うのと似た感覚を得られるのかもしれない。そして体内に灯る熱。

「……なるほど」

薄暗い笑みが知らず漏れた。

「まだ知らない事が残っていたとはね……」

十三年をかけて、教団の裏も表も調べ尽くしたと思っていたが、それは驕《おご》りだったらしい。

ルーチェの寝顔を見詰めながらこれからの段取りを頭の中で整理する。夜明けまでは時間があるにしても、ぐずぐずとはしていられない。

それでも思いは過去へと彷徨っていった。

十三年前、フォリーがまだ六歳だったあのときへ――

一見何事もなく船は波の上を進んでいた。穏やかな気候に恵まれ、風を受けた帆がはためく。遠くで鯨が潮を噴き上げ、白く泡立った海中に再び沈んで行った。

眩しい日差しがそれらを明るく照らしている。

母は既に意識がなかった。

数日前にはフォリーがこの部屋に入るのを止める大人達がいたが、今はそんな気配もない。皆それどころではないか、とうに事切れている。

恐らく扉の外は目を覆いたくなるくらいの凄惨《せいさん》な光景が広がっているだろう。

出発直後は賑やかだった甲板《かんぱん》も、すっかり不気味な沈黙を保っている。

フォリーは母の横たわる部屋を昨日から一歩も出ておらず、何も口にしていなかったが空腹は感じなかった。むしろ圧迫感のある吐き気がずっと治まらない。だが何度えづいても、空っぽの胃袋からは何も逆流しなかった。

青ざめカサカサに乾いた肌をした母は、最早痛みにのたうつ気力もないのか、微かな呼吸を繰り返すのみ。それも耳を近付けて辛うじて感じられる程度だ。

だから何度も確認した。

まだ、生きている。望みはあると信じたくて。

だが、刻一刻と弱まる鼓動に涙が滲み、フォリーは強く目を閉じた。

僅か六歳のフォリーにはできる事は何もない。優秀だ神童だと褒め称えられていても、所詮《しょせん》無力な子供であることに変わりはなく、歯痒い絶望感が胸に巣食う。

——どうしてこんな事になったのか。

幾度思い返しても明確な答えは見つからなかった。

いくらフォリーが普段聞き分けの良い手のかからぬ子供だとしても、まだまだ母が恋しい。その頼るべき母親が目の前でなす術なく衰弱してゆくのは、世界が崩壊するほどに恐ろしかった。

——始まりは多分、あの時から。

航海二日目、母専属のメイドが最初に倒れた。

当初は慣れない船旅で疲れが出たのだろうと誰も深くは気に留めず、休養を取らせただけで軽く受け止めていた。

しかし更に二日後、彼女は高熱に苦しんで死亡する。

その間にも数人が立て続けに体調を崩した。

皆同じ症状で、最初に赤い斑点が身体に現れ次に高熱を出す。そうなれば碌に手を施す間もなく衰弱していった。

瞬く間に広がる赤は禍々しいまだら模様を肌に作り、船内に常備された薬はどれも効かず急激に容体が悪化してしまう。

戸惑う人々を嘲笑うように、災禍《さいか》は足音も立てず忍び寄り、気付けば船の中心に居座っていた。

ここに来て漸く、人々は船中に流行病を持ち込んでしまった事に気が付いた。

寄る辺ない海の上。引き返そうにも既に行程の半分は来てしまっている。戻っても進んでも、かかる時間に大差はない。

更に助けを呼びたくとも不可能。

そうこうするうちに犠牲者はどんどん増加して、個人差があるとはいえ、皆発病すれば三日程度で死に至る。

死神と旅を続けているも同然となった箱の中で、乗客達は恐慌に陥った。

何より不幸なのは、乗船していた船医が早々に倒れた事だ。それによりなす術もなく犠牲者は増え続け、人はその脅威の前に屈するより他なくなった。

――神様は、僕らを護り導いてくれるのではないの？

母は神を信じて、幼いフォリーを連れ巡礼の旅に出たはずだ。

この国に住む者ならば、誰でも一度は憧れる聖地巡礼。信仰心厚く、毎年多額の寄付を惜しまないフォリーの両親は、国内でも一、二を争う有力貴族だ。本来ならば子連れの巡礼など認められないが、特別に許され最高の待遇で迎えられていた。

聖なる島にて直接創造の神リシュケルに感謝を捧げ、その伴侶たる聖女様に拝謁《はいえつ》する。それは富める者の栄誉と特権であった。

しかしその地位に驕ることなく、常に神へ感謝を捧げ敬いなさいと言っていた母。真摯に祈れば必ずリシュケル様は助けてくれると純粋に微笑んでいた。

それなのに。

──これが信じる者に対する神の仕打ち？

もしも母に意識があったなら、試練だと言ったかもしれない。だが、フォリーの幼い心は神に対する猜疑《さいぎ》で一杯になった。

握り締めた小さな手を包んでくれる者はいない。泣く事さえ忘れて母の顔を見詰め続けた。

船長も操舵手も失くした船は、難破船と変わらず、運良く潮の流れに乗り目的の島へ辿り着いたところで、何人が生き延びている事か。

フォリー自身も、昨日から高熱が出ているせいで震えが止まらない。浮き出た赤い斑点は顔にまで広がっていた。

目前に迫る死の恐怖に泣き叫びたくなるが、その体力は残されておらず、母の横たわるベッドの横に座り込むのが精一杯で、辛うじて椅子を引き摺って来てそこに重い身体を預けた。

横になった方が身体は楽だが、母を視界に納めていなければ不安が募る。何より、一度寝付いてしまえば二度と起き上がれない予感がしていた。

しかしなお希望は捨てず、絵画でしか見た事のない神リシュケルに母の教え通り祈る。

──自分はどうなっても構わないから、どうか母だけは。一瞬でも疑ってしまった事は謝罪致します。この先、自分にできる事は何でも致しますから──

信じる力が奇跡を呼ぶなら、自分は今、誰より深く神に跪《ひざまず》けるに違いない。その足に口づける事さえ厭わない。

だから、どうか――

母の顔を視界に納めながら、フォリーの意識は沈んでいった。


「こりゃ酷い……全滅だな。最近本土で流行っているとかいう病か」

聞き慣れない人の声と淀んだ空気の動く気配に、フォリーの意識は浮上した。

薄っすら目を開けば、白い服を身に付けた男達が船室内を探っているのが視界に飛び込む。


「……っ」

リシュ教の神官だ、と直ぐに気付いた。母の説明にあった姿と寸分違わず、胸には教団の紋様が描かれていたから。

美しい曲線で花にも光にも見える象徴が、銀糸で施されている。真っ白な布地に光の加減で現れるそれは、素直に美しかった。生と死の狭間にある時でさえ、見惚れてしまう。

リシュケルに仕える神官専用の法衣《ほうい》が誇らしげに翻《ひるがえ》り、舞い上げられた埃が空中を踊っていた。

どうやら船は辛うじて教会が在る目的の島へ流れ着いたらしい。

この時ほど、フォリーが神に感謝した瞬間はない。やはり祈りは届くのだと喜びに打ち震え、緩く息を吐いた。

――これで母も――

最後の力を振り絞り、彼らに手を伸ばす。

――助けて貰える。もう大丈夫。外にはどれだけの人がまだ生きているだろう？　ああ良かった……

安堵は微かな吐息となって喉を震わせた。僅かに笑んでさえいたかもしれない。

だが、直後その希望は無残に打ち砕かれる事になる。

「……ぅあっ？　この子供、まだ生きているのか!?」

「何だって？　ぎゃっ、触るなよ感染したらどうするんだ！」

汚いものを避けるごとく傍に立っていた男の一人が大仰に飛び退き、白い裾がフォリーの指先を無情に掠めた。

そして忌々しげに睨み下ろす男達の瞳の奥に、隠しきれない嫌悪を見た。

保護して貰えるのだと無条件に信じ込んでいた。人々を導き守る存在たる教団の人間が、弱き者である自分に害をなすはずがないと。

だが現実は、薄汚く残酷だった。

フォリーから一定の距離をとった彼等は口元を覆う布を引き上げ、大仰な溜め息を吐き出す。

「……なんだよ、面倒臭いな。俺達がこのガキ連れて行くのかよ？　ああもう、勘弁してくれよ……」

「なぁ……どうせ直ぐに死ぬだろう。下手に手を出して、この島に病を持ち込んでも厄介だ。このまま生存者無し、として届けないか？」

「……!?」

耳を疑う言葉の数々にフォリーは目を見開いた。聞き間違いにしても、質《たち》が悪過ぎる。衰弱のせいで、幻聴が聞こえているのかとさえ思った。いや、そうであって欲しくて耳を澄ます。

「おい……さすがにそりゃまずいんじゃないか？」

「だって考えてもみろよ。この流行病は未だ治療法もないんだぜ？　もしも罹《かか》ったらどうするんだよ？　俺はまだ死にたくない。冗談じゃないよ、俺はそれなりの生活が楽にできるからって、ここに来たんだ。こんなの話が違うじゃないか」

どんな事情があるのか、およそ聖職者とは思えぬ醜悪さを露《あら》わにして年若い方の男が鼻息荒く言い捨てる。

最初は躊躇っていたもう片方の男も、呑まれたように頷いた。

「……そ、そうだな。俺達が貧乏クジを引く必要はないよな。だいたい何でこんな気持ち悪い場所に俺が来なきゃならないんだよ……」

神に仕える者にあるまじき暴言を吐き出す二人の言葉を、フォリーは呻き声さえ出せず黙って聞いていた。

島に辿り着きさえすれば、全てが好転すると信じていた。

だが与えられたのは救いの手ではなく、嘲笑う拒絶。

ぐるりと内外が反転して、美しかった世界が創り変えられる。

「おい、でも良く見りゃこの紋章……レヴァンヌ伯爵家のものじゃないか？」

「本当だ……お、おいどうする？　一番寄付を出している大貴族じゃないか。そういえば今年は大事な客が来るとか聞いた気も……」

母の身に付けていた指輪に注目し、二人はヒソヒソと囁き合い顔色を一層悪くした。刻まれた紋章は、レヴァンヌ伯爵家を象徴する双頭の鷲《わし》と蔦《つた》。

少しは罪悪感があるのか、決してフォリーと目を合わせようとはしない男達はそんなところにだけ目敏《めざと》い。その浅ましさが堪らなく不愉快で、残り少ない力でフォリーは奥歯を噛み締めた。

その程度が今のフォリーには精一杯だった。悔しくて哀しくて、最早涙も出ては来ない。

「……なぁ……」

「……ああ」

交わされる言葉はフォリーを置き去りにし、素通りするようにしてやがて結論が出たらしい。

「……いつ死んだかなんて分かりっこないよな。やっぱりこのまま捨て置かないか……？」

子供と侮ったのか、間もなく事切れるからと油断したのか、彼らは取り繕う気配もなく言い捨てた。声をひそめる気遣いさえ不要と判じたらしい。

年齢の割に聡明なフォリーは理解した。

自分は完全に見捨てられたのだと。

絶望感が怒りに変わるのに時間はかからなかった。どす黒い憎しみが生まれ、無垢な魂が塗り潰される。

――神とは信じる者を救うのではないのか？　教団はそれを支えるために存在するのでは？

あれほど信仰を捧げた母を奪い、慈悲の欠片もなく死の鎌を打ち振るったのは、紛れもなくその神自身だ。そして最後の糸に縋った自分を無情にもはたき落としたのは、僕《しもべ》たる御使い。

――そんなもののために、ここまで来たのか。

長旅と言うほどの日数はかからないが、絶対に安全という旅ではない。豊穣の海は、気まぐれな略奪者でもある。必ず無事に帰れるなどという保証はどこにもないのだ。

それでも危険を冒して足を運ぶ価値があると、幼いながら決意をして母と共に旅立ったというのに。

幼い彼と愛する妻を心配する父に向かい「お母様は僕が守ります」と誓ったのは、そう遠い昔ではない。

力なく俯せたまま、フォリーは霞む視界の中でそそくさと立ち去る二人の男を網膜に焼き付けた。

今身体が動いたなら、どんな手を使ってでも報復してやる。

漆黒に染まってゆく魂は間もなく肉体という楔《くさび》から解き放たれる。ならばその時こそ、神もろとも呪ってやる――

涸《か》れたと思っていた雫が一筋、円《まる》い頬を伝った。

心地好い永遠の眠りは、すぐそこに口を開けていた。


「……ねぇ、お願い。目を開けて？」

ひやりとした手が頬を撫でる。労わる動きによって、混濁していた世界へ光が差し、フォリーは瞼を震わせた。

まさか先ほどの男達が戻って来たのかと警戒心が高まり、唯一自由になる聴覚だけで周囲を探る。もしもそうならば救助が目的でないのは明白に思え、最悪の事態が更なる悪化を遂げる気がする。

しかしそんなはずはないと冷めた頭が答えを出した。彼らはフォリーと極力接点を持ちたくないに決まっている。病の感染を怖れ、死神が満足するまで船自体を封印して放置するに違いない。

ならば、ここは既に死者の国？

漆黒に染まってしまった自分は楽園になど行けるはずはないから、過ちを犯した者が堕ちるという煉獄《れんごく》？

だが、信じる者を見捨てたリシュケルのいる楽園になど行きたくはないから、それでも良いかもしれない。無慈悲な神より、最初から残忍な魔物の方がまだマシだ。

しかしだとしたら、明るい光に満ち溢れ過ぎている。何より温かくて良い匂いの存在を近くに感じ、とても億劫だったけれどその正体を確かめたくて瞼《まぶた》を押し上げた。

「ああ……良かった……もう大丈夫だよ。絶対助けてあげるから」

光の中、自分よりも幾つか年嵩《としかさ》だと思われる少女が、半泣きになりながら笑っていた。

長い焦げ茶の髪を無造作に垂らし、薄い紫色の瞳は今涙ぐんだせいで赤く充血している。あまり日の光に当たらないのか、真っ白な肌が愛らしい顔立ちを更に引き立て、唇だけが赤く、果実のように綻んでいる。

怖かったのだろう。その手は震え、安堵の溜め息を漏らす口へと当てられて、なお小刻みに震えていた。

見知らぬ少女だ。記憶の引き出しを探ったが、何も引っ掛からない。

別の誰かが助けに来てくれたのだろうかと思いすぐに否定する。

聖地である島には一般の住民はいないと聞いている。まして子供など。

頭は混乱したまま、身体は正直に欲望を訴えた。張り付いた喉は渇きを癒したいと限界の悲鳴を上げている。

フォリーは「水が欲しい」と伝えたかったが微かに唇を開くのが精一杯で、声は掠れた吐息に変わってしまった。

「うん。飲める？」

それでも何か伝わったのか、少女は器に注いだ水をフォリーの口許へ差し出し傾けてくれた。しかし嚥下する余力も残っていないせいで、大半が顎を流れ落ちてしまう。

暫く考える素振りを見せた後、彼女は残った水を自ら口に含みそのままフォリーの唇へ押し当てた。

「……!?」

大人がするような口づけは生まれて初めてで、驚きのあまり口を開いた瞬間冷たい水が流れ込んで来る。

それは、今まで味わった事もないほど甘く甘美な潤いをもたらした。

思わずもっとと貪るように追い求め本能のまま相手の口腔へ舌を伸ばす。驚きに一瞬は固まった少女だが、無心に水を強請るフォリーに力を抜き、全て飲み下すまでじっとしてくれていた。

「……んぅ、もっと飲む？　薬も持って来たのよ？　私が熱を出すとマリエスがいつもくれるの。できれば何か食べてからが良いのだけれど……」

少し頬を赤らめごそごそと袋を漁った少女は、残った水へ布をひたし、それをフォリー

い。
不慣れな手付きだが、熱に浮かされた身体には冷んやりとした布の感触が素直に気持ちの額に載せた。

その時になって漸く、フォリーは自身が椅子に深く腰掛けたままなのに気が付いた。背もたれに全身を預け、四肢を投げ出している。肩口まで覆う掛布に覚えはない。呼吸を楽にするためか、シャツのボタンは数個開けられていた。

何気なく視線を巡らし、フォリーはルーチェの背後に見える一点で凍り付いた。

そこには血の気をなくした母が静かに横たわっていた。穏やかな表情は眠っているように見えたが、以前は僅かながら残されていた生きるものの気配が完全に失われている。

「……お母様……」

「……ごめんなさい……私、間に合わなかったの……」

悲しみで溢れた心は混乱していて、それ以上何も言葉にできない。

フォリーは確かにまだ子供だったけれど、厳しい父に伯爵家の跡取りとして育てられたため、矜持《きょうじ》だけは既に十分過ぎるほど持ち合わせている。

だから婦女子の前で嘆き悲しむなど許されるべきではない。しかし、理解していても理性と感情は別物で、僅かでも気を緩めれば涙腺が決壊してしまいそうだ。奥歯を噛み締め味わった事もない痛みに耐えた。

だが代わりに何故か目の前の少女が泣いている。

「もっと、早く来られたら、もしかして……ごめんなさい、どうしても上手く抜け出せなかったのよ……」

勿論彼女のせいじゃない。

思い返せば、あの男達が来た時には既に手遅れだったのだろうと察せられた。

母の亡骸はきちんと手を組み、ほつれていた髪も整えられている。そこからは死者に対する配慮と敬意が伺えた。あの男達がしたとは到底思えないので、この少女が施してくれたのだろう。

「ね、これ飲んで。少しは熱が下がると思うから」

差し出された緑色の液体は酷い悪臭を放っており、口にするのは躊躇われる。だが、真摯な瞳に促され、フォリーには断る事も疑う事もできず微かに頷いた。

「匂いと見た目は悪いけど、よく効くの。だからお願い」

水を得たことで僅かながら体力が回復し、支えられることでどうにか器を受け取る。

ドロリとした粘度も不気味だったが恐る恐る口を付け、激しくむせ返った。

悪いのは匂いと見た目だけではなかった。味も最悪だ。青臭く泥沼のような風味が口内に広がり、嚥下を拒否する。

その様子を見て、少女は優しくその背を撫でてくれた。少しでも楽になるようにと取り計らう手は、どこまでも純粋な気遣いに満ちている。

「……げほ……っ、ごほっ」

「私はルーチェ。ごめんね、ちゃんとした治療を受けさせてあげたいけど……マリエスが帰ったら相談してみる。今大事なお仕事で島を出ているの。他の人は……その、」

言い淀む様子に薄々知れた。

きっと彼らの行為を知って、ここまで来てくれたのだろう。とすれば、彼女は教団の関係者なのか。

「今日中には戻るはずだから……もう少しだけ待って。辛い思いをさせて本当に申し訳ないけれど、私の力じゃ貴方を運んであげられない」

母の方へ痛まし気な視線をやり、ルーチェは手を握ってくれた。

母のものとは違う小さくて細い頼りない小枝のようなのに、それが与えてくれる温もりは心の奥まで伝わって来る。

半ば夢現《ゆめうつつ》を彷徨う意識は浮上してもすぐに泥に沈んでしまい、結局何も言葉は交わせないままフォリーは浅く眠りの海を漂った。けれど目が覚める度、彼女は傍にいてくれた。それがどれほど心強かった事か。

たとえこれが、死の直前に見る甘い夢だとしても構わない。ルーチェが笑ってくれるなら、世界はまだ美しいと信じられる。

数分か数時間か、時間の感覚は曖昧で靄《もや》がかかっている。

やがて、彼女の言葉通り一人の男がやって来た。

二十代半ばで、くすみのない金髪に澄んだ青い瞳を持つ理知的なその男は、同性の目から見ても整った容姿をしている。

「マリエス！」

途端、心細そうだったルーチェは破顔して青年に抱き付き、彼に頭を撫でられて嬉しそうに笑み崩れた。

ルーチェが全面的に彼を信頼しているのがありありと伺え、なんとも嫌な心地がする。その一点に置いて、フォリーの中でマリエスは好ましくない相手に分類された。

そして勝手に神殿を抜け出したとして叱責を受けるルーチェを見て、初めて彼女こそが聖女であると知ったのだ。

「いけませんよ、ルーチェ。その心延《こころば》えは素晴らしいですが、貴女はもっと自分の立場というものを知らなければ。貴女は他に代わる者のない聖なる存在なのですから」

少なくとも、今のフォリーにとってのルーチェは、優しく綺麗な少し年上の女の子だった。流行病を怖れず慈愛の手を差し伸べられる強さも秘めている。

表情豊かで涙脆《もろ》い、ただの少女が国中から崇め奉られる聖女だといったい誰が気付く事ができただろう。

信じられない出会いに呆然としていると、マリエスがフォリーに向かい頭を下げた。

「レヴァンヌ伯爵家の嫡男、フォリー様ですね？　私の仲間が申し訳ない事を致しました。厳重な罰を受けさせますので、どうか御容赦を。とにかく今は一刻も早く身体を休める事が先決かと」

優雅に腰を折る様は、若いながら威厳に溢れている。おそらくあの逃げた若い神官よりもこのマリエスと呼ばれた男の方が若年と思われるのに、大した違いだ。

教団内での地位も高いのか、マリエスの一言により沢山の神官があっという間に集まり、船内の遺体を埋葬していく。母の亡骸も立派な棺《ひつぎ》に納められた。

フォリーは丁重に教会内の一室へ運び込まれ、すぐに治療が施される運びになった。そこは小振りながら清潔な部屋で、漸くゆっくり横になれる環境を得たお陰かフォリーの容体は次第に回復の兆しを見せ、瞬く間に赤い斑点も薄らいだ。若かった事が幸いしたのかもしれない。

だがその間、一週間ほどの記憶は曖昧だ。

高熱に浮かされながらも常に眼はルーチェを探し、たとえ見つけられなくとも傍に残された温もりや柔らかな残り香が心を慰めてくれる。

勝手にフォリーの部屋へ出入りしているのを見つかれば、酷く叱られ場合によっては重い罰を受けるのだと彼女は語ったが、それでも来てくれるのを心待ちにしてしまう。まともに動けない身の上としては、それだけが日々の変化であり楽しみだったから。

ルーチェが扉からコッソリ顔を覗かせると、剣術の稽古後の様に胸は高鳴った。ひょっとして病気が悪化したのか？　と戸惑うほどに心音が乱れ息苦しくなるけれど、不快ではない。

姿を見れば胸が締め付けられて堪らないのに、同時にその甘い痛みは癖になる。

たとえ遠目からでも見詰めていたいし、視認すれば声が聞きたくなる。言葉を交わせば、触れたいと願わずにはいられない。

もっと傍で。できればずっと一緒に。加速度的に高まる欲求は、これといった物欲を持たなかったフォリーにとって衝撃だった。

母を喪った痛みを紛らわす心の動きもあったかもしれない。寂しさを埋めるため、ルーチェに傾倒した可能性を否定するつもりはない。

だが、少しずつ身体が動くようになって会話も増えた頃、外の世界には何があるのかと瞳を煌めかせ尋ねてくるルーチェは、可愛らしく魅力的だった。

歳上のはずなのに、純粋な魂は生まれたての赤子のようだ。

何も取り繕わない真っ直ぐさは、感情を露わにするのを良しとしない貴族社会に身を置くフォリーに新鮮な驚きをもたらし、一度は凍てついた心が溶かされていくのが分かる。

僅か数日で二人は互いを特別と認識した。少なくとも、フォリーはそう思った。

いつか自分が彼女に世界を見せてあげよう。ルーチェの知らないものを食べ、触れ合い、ずっと一緒に生きていけたら。

淡く幼い願いは静かに生まれ育っていった。

それが、フォリーとルーチェとの出会いだった。

巡礼者を乗せた船は十三年前とは違う静けさに包まれていた。フォリー自身、あの頃の無力な子供ではない。ルーチェを残して聖地の島を離れるより道がなかった昔とは違うのだ。

一週間の滞在を終え、船は本土へ向かっていた。

その甲板にて、二人の男が暗い海を眺めている。

「僕ほど、罪深い男はいないだろうね。聖女を汚し、神から奪うなんて」

海風を感じながら振り向きもせず呟けば、闇の中から返事が聞こえた。

「……いえ、あそこに留まっても聖女様は利用されるだけですから」

壮年の男が静かに応えたが、フォリーは小さくため息を吐いただけだった。

この旅で唯一同行を許したシオンの言葉でさえ、今は素直に受け止めきることができない。

「それでただ人に引き摺り落とされても、幸せとは言えないかもしれないけれど」

自嘲に唇を歪ませ、頭を抱えたい衝動を振り払う。

諫《いさ》める意見など聞きたくないのに、さも助言を求めるような自身に嫌気が差す。

船はゆっくりと夜の航海を続けていた。今起きているのは見張り番くらいのものだろう。大きな揺籠《ゆりかご》と化した船室で、愛しい人が僅かなりとも安らいだ眠りを得られていると信じたい。

穏やかな波は切ない子守唄を奏でている。

フォリーは自分の行為を肯定するつもりはなかった。だからと言って否定するつもりもない。

ずっとこの日のために行動して来たのだから、もう迷いはない。

ルーチェを傷付けた時点で、そんな感傷は捨てるべきだ。

あの幼くも運命の出会いから今日まで充分な時間をかけ、教団を調べ尽くして来た。

情報は少なく閉ざされていたため、それは容易ではなかったけれど、根気強く関係者を辿り文献を漁った。時には聖女を排出した家を突き止め、接触を図った事もある。

——もうあそこは腐りきっている。

いつからかは不明。少なくとも十三年前、あの頃には綻びが隠せなくなっていた。

金や権力に塗《まみ》れた場所は信仰を置き去りにし、形骸化していた。『聖女』さえも飾りに成り果て、替えのきく部品でしかない。

神聖なはずの巡礼も本来の意味を失っている。

母の死後も多大な寄付をし絶対的な信仰を捧げて来た父には言えなかったけれど、フォリーにとっては最初から信じるに値しない虚ろなものだ。

そんな場所にルーチェを置いてはおけない。

しかし約束を果たす時が来たのだと勇んで来てみれば、当の本人に拒絶されるとは皮肉なものだった。

何も知らないルーチェに真実を語るのは簡単だ。彼女が信じるものの脆弱性《ぜいじゃく》を説き、世界が如何《いか》に醜いかを教えてやれば良い。

けれど突然そんなことを告げても、ルーチェは受け入れられないに決まっている。

フォリー自身、世界の残酷さを目の当たりにしてなお、簡単には信じられなかった。ましてや、生まれてすぐからリシュ教の中でしか生きたことがないルーチェには難しい。

結局、島に来る前に想像していたような展開にはならず、一緒に島を出てほしいという願いは一蹴されてしまった。

それもこれも、昨夜ルーチェの部屋を訪れる直前、偶然耳にした忌々しい男たちの話で微かに残っていた迷いを打ち砕かれ、冷静さを失ったせいかもしれない。それに、もう明日の朝には島を離れねばならないという迷いもあった。

昨晩の出来事を思い出し、フォリーは苦々しく顔を歪めた。


ルーチェの部屋へ向かう途中の薄暗い回廊の壁に、だらしなく寄りかかる三つの人影。

本来であれば、まだ神官達は忙しく立ち働いている刻限にも拘らず、彼等にその意欲は微塵も感じられない。油断しきった締まりのない顔が灯りに照らされ浮かんでいた。

「まったく、マリエス様も酷いよな。既に自分が神官長にでもなったみたいだ」

「まぁ実際似たようなもんだろ……今の神官長様は長い事御病気で、本島にて療養中だ。実質的な諸々は、全てマリエス様が管理されているじゃないか」

いつ誰が通ってもおかしくない通路にて無防備にも交わされる会話は、いかにも甘やかされて育った貴族の坊ちゃんという風情の青年達のものだった。

痘痕《あばた》の残る頬を下品に歪め髪を掻き上げる様は、十三年前の男達を思い起こさせる。いや、むしろ質が落ちたとさえ言えた。着崩され皺が寄った法衣は、刺繍だけが静謐《せいひつ》に映る。

「それにしたって！　長くここにいるかどうか知らないけどさぁ、元平民だろ？　孤児だったという噂もあるじゃないか。身分的には俺の足もとにも及ばない癖に偉ぶりやがって……！」

「ここでは身分とか関係ないんじゃ……」

息巻く男より多少の分別があるのか、別の一人が小声で諌める。

「あるよ！　大あり！　俺は数年経ったら還俗して、ここで培った人脈を元に商売する気だからもっとお偉いさんと繋がり持ちたいの。それなのに予想外に規律やら何やら厳しくてさぁ。碌に金持ちの巡礼者とも話せないじゃないか。もうウンザリ。楽できるって聞いたから入団したのに」

今更神官達の人柄に失望するには至らない。既にフォリーの信頼も幻想も尽きてしまっている。やはりなと流し、それよりどうこの場を迂回するかばかり考えていた。

だが、次の台詞には反応せずにいられなかった。

「それにしても今回の聖女様は頑丈だよなぁ。普通碌に栄養も与えられず苛酷な修行の日々じゃ、早逝しても不思議じゃないけど」

「それこそマリエス様があれこれお世話差し上げているからだろ」

「ひょっとして違うお世話もしているかもな」

「おいおい、いくら何でも言い過ぎだって。お顔は綺麗だが発育不良なあの身体じゃ、勃《た》つモンも勃たないだろう」

違いないと笑いさざめく男達を、できるならばまとめて切り捨ててしまいたかった。傲慢にもルーチェを貶《おとし》めて下品な会話を続ける輩に生きている価値があるとは思えない。

しかし武器の類《たぐ》いは島に入る時に回収されてしまっている。無意識に腰を探った手は、渋々下ろすより他なかった。

「ま、代わりなら幾らでもいるし？　どこにでも孤児なら溢れているしな。下手な意思や知恵を身に付ける前にすげ替えたいのが本音だろ」

「お前、正直過ぎるのもどうかと思うぞ。誰に聞かれるか分からないだろう」

「一番聞かれちゃまずいマリエス様は今いらっしゃらないからな。強気にもなれるさ」

頭が冷えていくのを感じていた。

怒りで沸騰してもおかしくはないのに、妙に冷たく冴え渡るのが不思議だ。

完全に、心は決まった。

本来ならルーチェの同意を得て連れ出したい。いくら決意して来たとは言え、本人の願いを無視したくなかったのも事実だ。

ここに残りたいとルーチェに本気で願われれば、自分の心が揺らいでしまうかもしれない可能性も考慮していた。

でももうその心配はない。

たとえその意思をねじ伏せ、泣き叫ばれたとしても、彼女をここから連れ出そう。

ルーチェが信じている全ては虚構に過ぎないのだから。

聖女信仰は一般の人々の間では根強く、教団はそれを利用している。

彼らの私利私欲のために飾りとしての役割を押し付けられ、死ねば代わりを用意されるだけの存在。

それが、聖女の本当の姿だった。

何も知らずに人生も命も捧げようとしているルーチェが哀れで仕方ない。

もしも彼女が全てを知ったら？

——壊れてしまうかもしれない……

いくら気丈なルーチェでも、これまで自身を支えてきた根幹が虚構だったと知って、冷静でいられるはずがない。下手をすれば絶望で死を選ぶかもしれない。

不愉快だが、ルーチェが唯一信頼しているらしいマリエスさえ所詮教団の人間だ。むしろ、その中心にいる。

裏切られたと怒ってくれるならばまだ良い。けれどきっとそうはならない。

純真な彼女は、自身が悪かったのだと己を責めるだろう。

——そんなものは見たくない。

フォリーが好きになったのは、屈託なく笑い自然に涙を流せる優しいただのルーチェだ。決して自身を押し殺し、雁字搦めにされた聖女ではない。

仮に手もとに置く事が成功しても、ルーチェらしさを失っては意味がなかった。取り戻したいのは、本来の彼女。

胸の痛みを堪えながら辿り着いたルーチェの部屋の前で、フォリーはしばらく佇んでいた。

今もしも自分の顔が見られたら、一体どんな醜悪な怪物に映るだろう。決して物語の王子様などではない。邪悪な魔物か悪い魔法使いが精々だ。

真実がどうあれ、フォリーは、ルーチェを彼女の信じるものから引き離し、自分の腕に閉じ込めようとしている。

救い出すと言えば聞こえはいいが、本音はもっと欲に塗れている。手段を選ぶつもりもない。

ただひたすら……彼女が欲しい。「好き」だなんて言葉では到底足りない。愛なんて綺麗なものでもない。醜い執着に成り果てているのは自覚している。

幼い恋情を持て余し、拘るあまり腐らせたのではと何度も自問して来たが、その度に同じ場所へ想いは帰る。ルーチェが愛しい。他には何も要らない。

何だかんだと理由を付けても、誰にも奪われたくないの一言に尽きる。

それは勿論、神でさえ例外ではない。

リシュ教の教えによれば、聖女の魂は死後天上に昇り、リシュケルのもとへ召されることになっている。少なくとも、ルーチェはそう信じている。彼女にとっては、現世は仮初めのものでしかなく、フォリーすらも通り過ぎる一つの事象でしかないのかもしれない。

ならばどうすれば永遠に自分へと縛り付けられるのか。

脳裏を離れない最終手段は人として最低のものだ。ルーチェから全てを奪うため、今宵《こよい》、重い罪を犯す。

この世の薄汚れた裏側を目の当たりにしてルーチェが傷付くくらいならば、我が身を穢した男として蔑《さげす》まれた方がずっと良い。

いっそ憎しみを覚えて、俗物である自分と同じところまで堕ちてくれたら……

暗い愉悦が生まれるのを抑えられなかった。

——聖女を、穢す。

どれほど罪深い事だろう。

それなのに奥底から湧き上がるのは、濁った喜びだけだった。


「ご命令通り工作は致しましたが、完璧とは言えません」

フォリーを回想から引き戻したのは、影のように付き従うシオンの声だった。

フォリー以外でこの計画の一部始終を知る唯一の人物。父親の代から伯爵家に仕えている最も信頼できる男だ。昨晩無事にルーチェを島から連れ出せたのも、シオンがいたから可能だったと言える。

「お前の仕事の精度を疑いはしない。それに永遠に騙せるとは思っていないさ。マリエスが島へ帰るまで、時間を稼げればそれで良い。他の連中ならば、あれで充分目を眩ませられる」

聖女は死んだと一時的にでも思わせられれば。

計画は簡単だ。偽の情報を流し、マリエスを島の外へ追いやった。今頃は不幸にして起きた土砂崩れで、足止めを喰っているだろう。その間にルーチェは切り立った崖から海へ落下したと偽装する。

普段滅多に他の神官とは顔を合わせないルーチェだから、彼女がいないと気付かれるのは早くても今日の夕刻だろう。

巡礼者出立の混雑に紛れ、薬で眠らせたルーチェを連れ出してしまえば、殆ど成功したのも同然だ。船が出てしまえば、容易に後を追う事はできない。なにせ教団が所有している船は二艘《そう》しかなく、その内の一つはマリエスを乗せて本土に向かってしまった。

警戒すべきはマリエスただ一人。他は正直どうとでもなるから、発覚を少しでも遅らせその間にフォリーは領地に逃げ込むつもりだった。

その後は完全に口を噤んでしまえば良い。

少なからず負い目のある教団だ。まして不愉快だがルーチェは彼らにとってそこまで重要な存在ではなく、レヴァンヌ伯爵家を敵に回してまで取り戻そうとはしないだろう。

毎年多額の寄付を惜しまなかったのは、そのためでもある。伯爵家の後ろ盾なくしては、もうあの教団は立ち行かない。そうなるよう手を尽くして来たのだから。

それでも、あの男だけは油断ならない。何を考えているのか計り知れず、他の神官に比べベルーチェに対する思い入れも強いように見える。

マリエスの名を思い浮かべるだけで、嫉妬に狂いそうになるのを抑えられない。

久しぶりに会ったマリエスは、昔よりも更に落ち着きと風格が増していた。自分には絶対に追いつけない時の壁を感じ、ルーチェの中での存在の大きさも見せ付けられた気がする。

いくら急いで大人になっても、マリエスは常にその先を行ってしまう。ルーチェもそうだ。

絶対に埋まらない年齢差は、フォリーに劣等感を抱かせる。

そしてフォリーの知らない時間を二人が重ねて来たのかと思うと、とても冷静ではいられなかった。

昨晩ルーチェが彼の名を口にしなければ、もっと優しくできたのに――――というのは言い訳か。

「シオン、僕は狂っていると思う？」

たぶん、自分は一度死んだのだ。十三年前、あの船の中で。そしてルーチェのお陰で生まれ変わった。

　その証拠に、あの日からフォリーの世界は彼女一色になっている。

　他には誰も、何も要らない。神だとて、邪魔するのならば躊躇いなく屠《ほふ》れる。

「……いいえ。尊敬し、仕えるに値する主人です」

「お前に褒められるなんて、何だか怖いな」

　実際、フォリーはこの数年死に物狂いの努力を重ねた。一番近くで見守って来たシオンには、よく分かっている。

　母を愛していた父は後妻も娶らず仕事に没頭したため、フォリーは寂しい幼少期を過ごした。

　それでもいつかルーチェに再会した時、胸を張って顔を合わせられるよう、できる事は何でもして来た。

　流行病の治療薬もその一つだ。死に物狂いで調べ、自ら研究に明け暮れた。フォリーは数少ない病からの生還者であったから、必要とあらば自らの身体を実験台とすることも厭わなかった。

　勿論、伯爵家の跡継ぎとしての責務もしっかりと果たし、時に家庭教師や指導者が身体を案じるほど、あらゆるものに打ち込み身体を鍛える事も怠らなかった。

　シオンはフォリーが幼い頃から剣の指導だけでなく、若い伯爵として侮られないよう根気強く導いてくれた師であり、忠実な部下だ。

「フォリー様の命により教団を調べ続けて参りましたが、知れば知るほど腐臭が漂って参ります。民の間での聖女信仰は未だ健在ですが、教団そのものの求心力は落ちていると言わざるを得ません」

「そうだな。かつては志の高い者の集まりだった神官も、最早行き場のない貴族や商家の吹き溜まりだ」

気まぐれに富める者へのみ救いの手を伸ばす神など要らない。そんなもの滅んでしまえば良い。

だが、ルーチェを道連れにはさせない。

誤った形であっても、この手で護る。

「ああ、それとあの木の実についてですが、本土にシハヴァというよく似た植物があります。大きさは違いますが形状や特徴が同じですから、おそらく同種のものでしょう。島のシハとやらは、元が同じものが独自の進化を遂げたのではないでしょうか」

「服用すれば身体に害はあるのか？」

「多少の酩酊感を味わえます。酒より安価で気軽に手に入るものですから、庶民の間では娯楽として根強い人気がありますよ。とは言え、さほど強いものではないので、中毒症状を起こしたという話は聞きませんね」

「そうか……」

ほっと息を吐いた。

それだけが気がかりだった。

もしもルーチェの身体を蝕むものであれば、与え続けた教団を絶対に許す事などできない。激情のまま島もろとも滅ぼし尽くしたくなる。

おそらくシハは、教団の儀式には欠かせないものだったのだろう。何事にも演出は必要だ。

強制的に使用者を恍惚《こうこつ》状態にし、神降ろしを行い易くする。その派生効果が媚薬と同じ催淫作用だと思われた。

これまでの聖女はルーチェほどの年齢に達した者は少ない。だからこそ、性的な衝動に突き動かされるという症状は表沙汰にならなかったのではないだろうか。

ルーチェの反応を見るに、あんな状態になったのは昨夜が初めてのようだった。これまで誰の毒牙にもかからなかった事に心底ホッとする。

「ただし全く同じものかどうかはよく調べなければ分かりませんが」

「ありがとう、シオン。下がって良い」

夜が明ければルーチェが目覚める頃合いだ。島から連れ出すために彼女に盛った睡眠薬の効き目が切れる。

目が覚めた彼女に昨晩の行為を詰《なじ》られ拒絶されるかもしれない。

けれどフォリーは、どんな結果が待っていようと、突き進むと決めていた。

4　海上の檻

ユラユラと揺れている感覚がする。

波の音は変わらないのにいつもより近くで聞こえ、不安定なそれは心地好くもあり眠りを誘った。

普段ルーチェの朝は早い。早朝、日も昇りきらないうちから冷たい聖堂に跪き、祈りを捧げる。ともすれば、か細い蝋燭の焔《ほのお》に縋りたくなるほど身体が芯から冷えきる頃、漸く太陽が顔を出し一日が始まるのだ。

だが、今朝は少し暖かい。

もしや寝過ごしてしまったのかとルーチェは慌てて飛び起きた。

「……っ、」

鈍い痛みが下腹部を襲い、それ以外にもあちこちが軋み、意識を無理矢理覚醒させた。

「……何……？」

腕を見れば、痣《あざ》のようなものが浮かんでいる。驚き見下ろせば、裾が捲《めく》れて露わになった脚にも赤い跡が散っていた。

身につけている夜着に覚えはなく、少なくとも昨晩着ていたものとは全く違う質の良い肌触りの生地が淡い光沢を放っている。滑らかな布地を撫で、纏まらない思考を掻き集めた。

「おはよう、ルーチェ。身体は辛くない？」

ほんの少し緊張したような声に振り向けば、扉を背にしたフォリーが佇んでいた。

柔らかな笑顔は変わらないのに、どこか影を感じるのは何故だろう。僅かに逸らされた視線のせいかもしれない。

「あ……私……？」

起きぬけのせいか頭が働かず、自分が寝ていた場所さえよく把握できない。辺りを見回しても見覚えのないものばかりだ。

狭い室内は寝台と机、椅子くらいしか家具は見当たらず、どれも実用的ではあるけれど、飾り気がなく無骨と言えばそれまで。

窓は小さく丸い。そこから晴天を示す光が差し込んでいた。

「よく眠れた？　でももう暫く横になっていた方が良い」

「え……？　体調は悪くないわ」

確かに不思議な浮遊感は続いているし、痛みや疲労感はある。軽く頭痛もするかもしれない。だが寝込まなければならぬほどではなく、この程度では朝の祈りを取りやめる理由にはならない。

フォリーはきっと自分を気遣って足を運んでくれたのかもしれない。優しい子だから、看病もしてくれたのだろうか。

――あれ？　でも私はいつから体調を崩していたのだっけ？　今朝は巡礼者達の船が島から出航する予定日のはず……

昨夜の儀式を終えた辺りから、記憶が曖昧だ。

確か自室で休もうとして……それから？

首を傾げるルーチェに向かい、不意にフォリーの手が伸ばされた。

軌跡《きせき》を追えば、乱れた髪を直そうとしてくれたのは分かる。だが触れる直前、ルーチェはビクリと震えてしまった。

「ご、ごめんなさい……っ」

何故か、怖かった。

フォリーがルーチェを傷付ける訳はないのに、身体が強張るのを止められない。口内が渇き、鼓動が速まる。

あからさまな拒絶に気付いたはずのフォリーは、しかし何も言わなかった。

その沈黙が逆に恐ろしくそっと窺えば、泣き出しそうな彼がいた。

どこかで見覚えがある表情。耐えて、堪えて、沢山のものに押し潰されそうになりながら、それでも歯を食いしばるいたいけな幼子。遠い記憶の中、金の髪が潤む瞳を隠していた。

「フォリー……」

湧き上がったものは、母性に似ている。

「……まだ混乱しているんだね。でも身体が覚えている。……ルーチェ、僕が憎い？　貴女の聖女としての居場所を奪った僕が」

ずくり、と下腹部が痛んだ。

そこから甘い痺れと共に昨夜の嵐のような記憶が唐突に溢れ出す。

「やめて」と何度も懇願した。

拒む腕は押さえ込まれ、恥ずかしい場所を暴かれた。

幾度も叩きつけられたのは、罪深い快楽。

その行為は、リシュケルを裏切り自身の存在意義を失わせるものだ。

にも拘わらず、最終的には淫楽に負け自ら受け入れてしまった……

「……あ、あ……」

内側に付けられた傷からは、未だ生々しく出血している気がした。

「……う、嘘、よね？　あんな事……現実のはずがない……」

優しく愛らしいフォリーが、自分に酷い事をするはずがない。そう信じているのに、どうして震えが止まらないのか。

穏やかとも言えるフォリーの瞳の奥に、望む答えを探した。だがそこに横たわるのは、底無しの深淵《しんえん》だけ。

「……震えているね。僕が怖い？　でも、逃がさない。貴女が戻れるところはどこにもない。だって穢された貴女には、聖女たる資格がないもの。だから僕を恨んで、憎めば良い」

暗く、苦く笑うのは、たった一人の大切な友人。可愛い弟のような人。

けれど今は、その面影を探すのが難しい。

「ルーチェは僕のもの。死が二人を別つまで……、いや、死が二人を別つとも」

うっとり夢見る様にルーチェの髪を一房取り口づける様は、誓いを示す神聖な儀式に見えた。

彼の手の中から零れる髪を呆然と見詰め、それからフォリーに視線を戻す。

美しい紅玉が、底光りしていた。

「……っ！」

憎んでいいと嘯《うそぶ》きながら、離すまいと視線が語っている。瞳の奥に宿るのは、狂気と背中合わせの孤独だ。

一度それに気付いてしまえば、打ち震える彼をルーチェが見捨てられるはずはなかった。

それに形はどうあれ、自分はあの時フォリーを抱きしめてあげたいと願っていた。

勿論、男女の色恋が発露ではない。そういう感情をフォリーに抱いてはいない。

だがあの瞬間――

全身全霊でルーチェを請い願う彼を突き放すという選択には思い至らなかったのは事実

だ。その結果をろくに考えもせず、縋る彼に流された。

――罪深いのは、フォリーじゃなくて私。

だから、自分には彼を責める資格などありはしない。

「違うわ……貴方は悪くない……私が、ちゃんと拒めば良かった。きっとフォリーを煽るような真似をしてしまったのね……ごめんなさい」

罪へ誘《いざな》ったのが自身なら、償うのもまた己であるべきだ。それが贖罪《しょくざい》になるなら、喜んでこの身を捧げる。

そんな気持ちを込めて口にした。

「……」

ルーチェの髪を弄っていたフォリーの手が、毛先を摑んだまま握り締められた。頭皮が引っ張られる感覚に痛みを覚えたが、そのまま引き寄せられて距離を詰められる間、されるがままじっとしていた。

吐息のかかるほど近くで、フォリーがルーチェを見据えてくる。

「……残酷だね。それは聖女としての言葉？　哀れな罪人に慈悲を垂れたつもり？」

「そんな……！」

ルーチェには当然ながら悪意などない。だからフォリーが何に怒っているのか皆目見当もつかず、途方に暮れてしまった。

「僕が欲しいのは、その他大勢と同じ博愛じゃないよ。誰とも重ならない強い感情だ。憎悪でも構わない。だから僕だけを見て！」

　必死な懇願に息を呑む。近過ぎる距離では発する熱さえ感じられ、何故か喉が震えるのを抑える事はできなかった。

「無理を言わないで……貴方を憎く思うなんてできないし、まして特別な一人なんて作れるはずない……」

　たった一つの愛情を捧げられるなら、リシュケルにのみ。

　他は万物も全て同列で、命あるものに順位などない。あらゆるものが等しく平等で在らねばならない。それが幼い時より植え付けられたルーチェの価値観だ。

「私にとっては誰でも愛すべき人だわ。大切でないものなんてない。それが当然なんだもの！」

「……皆同じく愛しているって言うのはね、ルーチェ。どうでもいいって言うのと同義なんだよ」

「……！」

　酷い、と思った。

　それなのに反論できない自分がいる。

　いや、様々な想いが胸中を渦巻いていた。けれど、どれ一つ明瞭な言語に固まらない。

　フォリーの言葉を否定できるだけの説得力がなかった。

「違う……私は……」

「でもね、それならそれでも良いんだ。貴女にとって特別がないなら、我慢できる。でももしもここに誰かを住まわせるなら、許さないよ。たとえリシュケルにでも渡さない」

ギリギリ届かない指先が、ルーチェの胸を指す。その瞬間、昨晩与えられた熱が甦るのを感じた。

期待するかのような自身の反応にかっと血が上った。恥ずかしいのと罪悪感で押し潰されそうになる。そんな淫らな変化は絶対に誰にも知られたくない。

「私は……リシュケル様の、」

「もう聖女でもないくせに」

嘲《あざけ》る声は深く胸に突き刺さった。痛みで呼吸も止まる。

紅玉を暗く翳《かげ》らせたフォリーはルーチェの唇に指を這わせ、形を確かめるようにゆっくりなぞった。

微かに震える指はヒヤリと冷たく、躊躇いながら触れる範囲を広げてゆく。一本、二本と増やされて、最後は手の平全体で頬を撫でられた。

「ルーチェは姦淫《かんいん》の罪を犯して、ただの女になったんだ。肉欲を知ったその身体で神の伴侶に成り得るとでも思ってるの？」

「そんな言い方……！」

「凄かったよね、自分から腰振って気持ち良さそうに喘いでいた。普通初めての時はもっと大変なものなんだよ？　――ああ、そんな顔しないで、ルーチェ。言ったでしょう？

悪いのは全部僕。貴女は被害者。……でも、一緒に堕ちては貰うけれど」

まるでわざと憎まれようとしているかのようだ。

酷い言葉を敢えて選び、ルーチェを揺さぶろうとでもしているのかと。

その証拠に――フォリーの瞳には切なすぎる色彩が宿っている。

「……あっ……」

フォリーが寝台に乗り上げた衝撃でよろめき、意図せずして彼の胸へ転がり込む形となった。触れた場所が火傷《やけど》しそうに熱い。

「……！　ごめんなさ……っ」

「離れないで。今すぐ受け入れてくれとは言わない。でも、逃げるのは許さない」

抱き締められるというよりは、縋りつかれたという印象が強い。狭まる腕の檻の中、眩暈がするほどのフォリーの香りに包まれる。それは、ルーチェに酷く酩酊感をもたらした。

ルーチェが身動きできずに固まっていると、微かにフォリーが笑う気配がした。決して楽しげではなく、自嘲の響きを伴って。だが、確認しようにも強く胸に押し付けられた状態ではままならず、仕方なく黙って奇妙に速い彼の心音を聞いていた。

「……食事にしようか。お腹が空いたでしょう？」

「……いいえ。それより、ここはどこ？　何故揺れているの？」

空腹感は感じない。そんな気にもなれない。些《いささ》か素っ気なく返してしまったかと不安になったが、フォリーは心配そうにルーチェを見詰めるだけだった。

「食べなきゃ駄目だよ。――――ここは大海原の真只中。巡礼者たちを島から帰すための船の中だ。あと数日はこのままここにいて貰う」

「船……？」

匂いや音、光の加減から薄々感じてはいたが、やはり慣れ親しんだ島ではなかった。島外に出るのは勿論、乗り物に乗った事さえないルーチェは驚きを禁じ得ない。

信じられない思いで窓の外へ視線を巡らせれば、見えるのは丸く切り取られた青い空。不規則に揺れる紺青の波が、白く弾けた。

「……そう。だから、帰れないいんだよ」

「嘘……」

外の世界に憧れた事はある。

まだ幼く好奇心の塊だった頃は見知らぬものや動物、風景に心惹かれて飛び出したいとも願っていたし、当時はその感情を表に出しても許されていた。だが今は。

「駄目、私戻らなきゃ……！」

「どうやって？　泳いで帰る？　この海域には人を喰うサメが生息している。勿論僕は引き返さない。到底無理だよ」

「フォリー、お願い。私が帰らないと大変な事になってしまう！」

「大変な事？」

片頬を引きつらせ、他者を馬鹿にするような彼の顔は初めて見た。

それが自分に向けられたものだと思うと、想像以上に悲しい。

共に過ごした時間は短くとも、心の底では理解し合えていると信じていた。なのに、今はフォリーの真意が全く見えない。

「そうよ。聖女が島から不在になったら、リシュケル様が荒ぶるわ。天災や疫病《えきびょう》が降りかかったら皆困ってしまう……！」

そんな事態になったら、死んでも死にきれない。聖女として生きると自覚して以来、その覚悟を持って生きてきたのだから。自分の全ては人々のために。そしてリシュケル様のために。

「……帰さない。どこにも行かせない。ねぇ、僕を見捨てるの？　ルーチェ……」

震える声につられ見上げた先に映るのは、哀《かな》し気な美貌とそこに宿る劣情。

「見捨てる……なんて」

「ルーチェがいなきゃ生きていけない。今更離れるなんて、考えただけで気が狂いそうだ。そうなるぐらいなら……一緒に死んで」

冗談、とは切り捨てられなかった。思わず眼を見開いた瞬間、フォリーが長い睫毛を伏せる。

数度に分けられ吐き出された息は、言葉以上に何かを雄弁に語っていた。

「……嘘、だよ。貴女を苦しませたくはない。信じられないだろうけれど、これだけは本当なのにね……上手くいかないな。――食事を持って来る。せめて飲み物だけでも」

拘束を解きながら、もう一度フォリーは唇に触れた。熱い指が名残惜し気に往復する。

口づけを、されるのかと思った。

実際、眇《すが》められた瞳と僅かに開いた唇はそれを求めていた気がする。けれど結局は指の感触だけを残し遠退いて行った。

立ち去るフォリーの背中を見詰めながら、ルーチェは一人、再現するように自身の唇に触れた。失った温もりを寂しく思うのは酷く背徳感を伴うものだと思いながら。


ルーチェが目を覚ました日の夜も、その翌日も、フォリーは彼女を抱かなかった。

ただ、眠る時には必ず腕に捕らえたまま離さない。

初めはまた同じ事をされるのかと怯えていたが、向かい合い自嘲の笑みを浮かべた彼に背中を撫でられると、複雑な気持ちになってしまう。結果、ルーチェは緊張感から眠れないまま、身体を強張らせて朝を待つのみ。

今すぐ部屋を出て誰かに助けを求めるべきだと思うが、どうしてもフォリーの腕を振り払えない。

実際のところ、四六時中フォリーが傍にいて逃亡は難しいのだが、それを差し引いてもここから逃げないのは、相手がフォリーだから、というのが大きな理由かもしれない。

――――こんな事になっても、どこかで彼が私を傷付けるはずはないと思っている。

愚かだ。

不浄の場所に痛みはなくなったが、身体中に残された痕は薄く黄色の斑模様に変わり、我が事ながら痛々しい。それらが現実を見詰めろと促すが、どうしても彼を憎む気にはなれない。

酷い事をされたという意識はあるのに、だからと言って何を思えば良いのか分からないまま纏まらない思考に嫌気が差し、ルーチェは瞳を閉じた。

黒い感情など生まれてこの方抱いた事はない。裏返せば、それほど強い感情を特定の誰かに持った経験がないという事だ。フォリーに指摘され、その事実に気付いてしまった。

それが良い事なのか悪い事なのか判断は難しい。だがそれは、少なくともルーチェにとっては『いけない事』だ。

けれどフォリーは、それこそを要求する。

自分にできる事ならば、何でもしてあげたい。しかし方法が分からない。

考えなければならない事は山ほどあるのにそれらが酷く億劫なのは、寝不足と昂《たか》ぶった気持ちのせいだ。

乱れた心は睡眠という安らぎさえ与えてくれない。自然、食欲もなくなり身体が怠《だる》い。

珍しくルーチェを一人置いて出て行ったフォリーに「部屋を出てはならない」と言い聞かせられたが、今そんな気力はなかった。ぐったりと寝台に寝そべり、だらしなくも手足を投げ出している。

この部屋には小さいながらトイレや洗面台もついているから、特に外へ出なければならない切実な理由はない。食事もフォリーが手ずから運んで来てくれる。けれど肉も魚も食べられないルーチェにとって、船の上の不自由な食事内容では口にできるものが少ない。しかも碌に動いていない事もあいまって、せっかく用意されたそれらにも手を伸ばせなかった。

別に食べない事でフォリーへ反抗している訳ではない。けれど三日目ともなれば、彼を困らせるのに充分だったらしい。酷く深刻な顔をして部屋を出てから、まだフォリーは戻って来ない。

こんな時シハの実があれば、簡単に栄養が取れるのに。

食を楽しむという概念がないルーチェにとっては、手軽なあの実こそ最高の食べ物だった。島にいた頃は祈りに没頭するあまり食事を忘れるなどよくある話で、一日抜いてしまう事も少なくなかった。だから数日殆ど食べないのも、そう珍しい事ではない。けれど、フォリーはそう思わなかったようだ。大した事ではないと説明しても、痛まし気に眉をひそめただけだった。

大きく息を吸い込んだ時、潮の香りと共にこの数日で嗅ぎ慣れた男の匂いが近付いて来るのを感じた。

「果実を絞ったものだよ。これなら飲めるでしょう？」

差し出された深い赤色の液体に視線を泳がせ、ルーチェは緩々と首を振る。

今は喉も渇いてはいない。

「……ルーチェ、お願いだからせめてこれだけでも」

「……ごめんなさい……」

「……それじゃあ、何なら大丈夫そう？」

あからさまに消沈したフォリーに申し訳なく、ルーチェは空回る頭を必死に駆使した。

「……シハの実。ああ、でも無理ね……ここにはあるはずないもの……」

一番食べ慣れたアレなら、あるいは。微かな酸味を思い出し、僅かに食欲も湧いてくる。

「……あるよ。粉末状だけどね。溶かして飲む？」

「え、本当？　こんなに長くシハの実を食べないなんて初めてだから、実は落ち着かなかったの。体調不良もそれが原因かもしれないわ」

思わぬ返答に瞳を輝かせ、頭を起こしたルーチェにフォリーは苦笑した。

「ちょっと待ってて」

フォリーが赤い粉末を手もとの果汁に混ぜるのをじっと見詰める。赤い粉は同じ色の液体に容易《たやす》く溶けて消えていった。

果物の芳醇《ほうじゅん》な香りがルーチェの鼻を擽り、口内の唾液が刺激される。

「良かった……やっぱり、それがないと駄目みたい」

急に重かった身体まで活き活きとするのは現金なものだ。シハ自体には大した味はないのに、ただの果汁より何倍も美味しそうに感じる。

逸《はや》る気持ちを抑えつつ、渡された器に口をつけた。

喉を流れ落ちていく液体にホッと一息つき、遅れてやって来る心地好い酸味がゆっくりと身体に広がっていく感覚を堪能する。

「……美味しい？　ルーチェ」

もの問いたげな視線を寄越すフォリーに器を戻せば、冷えていた指先まで温まるのが感じられた。

鼓動と共に隅々まで体温が上がるのはいつもの事だ。

シハの実はそのまま生で食べるより、粉末にしたものを何かに溶かして摂取した時の方が、影響は大きい気がする。アルコールならば尚更。

「うん。何だか食欲も湧いてきた気がする」

ふわりと気持ちが軽くなる。次第に気分も高揚して来た。その後には気怠さが襲って来るのが常だが、この浮遊感は嫌いではない。

「でも、もっと欲しいな……」

大して喉は渇いていないと思っていたのに、いざとなると物足りない。寧《むし》ろ飢えを自覚したようにひりつく焦燥を覚える。

「……良いよ。沢山あげる」

ルーチェに普段好き嫌いはないけれど、フォリーが持って来てくれた果汁は飲みやすく癖のない味で、何杯でも飲めそうな気がした。久しぶりに嗅いだシハの香りのせいかもしれないが、緊張感が解れてゆく。

改めて受け取った赤い果汁を一息に飲み干し、流れ落ちる甘露《かんろ》を心ゆくまで味わった。

「……暑い……」

焦って飲んだ為かトロリと口の端から滴が零れる。勿体ない気がして、はしたなくもそれを舐めとった。

それをじっと見ていたフォリーがコクリと唾を飲む。

「……あ、私ばかりごめんなさい。フォリーも飲む？」

「……いや、良いよ。ルーチェが好きなだけあげる」

言葉通りに注ぎ足され、思わず頬が緩んでしまった。今日は何故か後を引く。たっぷりとシハの粉を溶き、勧められるまま杯を重ね、訳もなく笑みが零れた。

上品な暗褐色の液体が魅惑的に揺れるのを眺めて、一滴毎に体内の泉へ立つさざ波が全身に広がってゆくのを意識する。

灯る熱は思考をも曖昧に蕩けさせた。

「……ふ、ぅ」

「……無防備だね、よくそれで今まで無事だったものだ」

「フォリー……？」

いつの間にか器を下げられ、身体が寝台に横たえられていた。

空気が変わったのが分かり慌てて飛び起きようとしたが、簡単にフォリーに押さえ込まれてしまい、自分の迂闊《うかつ》さを思い知る。

「そんな顔をされたら、我慢なんてできない」

「……え？」

シュルリと手早く布で両目を覆われ、予想外の暗闇に身体が強張った。

「何をするの？　フォリー……!?」

「ルーチェの感じてる顔を見たいけど……その純粋な瞳に見られるの、今は辛いかな……ごめんね」

頭の後ろで固く結ばれた布は厚手で、視界は完全に奪われた。光さえ、通さない。

湧き上がる不安が肌を粟立たせ、小さな悲鳴となって空気を震わせる。

「痛い事なんかしないよ。ルーチェを気持ち良くしてあげたいだけ」

「……ぁ、は!?」

服の上から胸を揉まれるのは、酷くもどかしい。

物足りないのに、乳首が布に擦れる感触は堪らなく腰に響く。

「……ひゃんッ」

布越しにでも分かるほど立ち上がってしまった頂を摘まれ、擽ったさや痛みより、甘い痺れを得てしまう。その事実が己のふしだらさを象徴している気がして、両手を振り回したがいとも簡単に頭上に縫い止められてしまった。

「さ、触らないでぇ……っ」

「嫌だよ。こんなに可愛らしいもの、無視できる訳がない」

下肢を守る下穿きをあっさり抜き取られてしまえば、生温かい空気が直に触れる。規則的に吹きかけられる湿った空気がフォリーの呼気だと理解し、至近距離で恥ずかしい場所を見られていると知ってルーチェの体温は一気に上がった。

「いやぁ……っ」

脚を閉じようと奮闘したが、男の力で両腿を押さえられていてはどうにもならない。むしろ更に大きく開かれ、固定される。

「や、いや……っ」

「でもルーチェのここ……もう蜜を吐き出している」

「……んんっ！」

ヌルリと滑った指は、突起を掠めながら入り口を嬲った。器用に敏感な芽を摩りつつ、中へと別の指が入り込む。

二箇所から同時に与えられる刺激は強烈で、呼吸も忘れた。

「……ほら、簡単に入っちゃった」

「はぅ……ッ」

くの字に曲げられた指先が焦らすようにゆっくり動く。だが、的確に狙われるのはルーチェが冷静ではいられなくなるところばかりで、撫でられる度、出したくもない嬌声をあげてしまう。

自由になっていた腕で抵抗を試みるが、フォリーは低く笑うのみだった。

「や、やぁっ、そんな事しないで……っ！」

「嘘。中ヒクヒクしているよ。嬉しいって、僕の指をしゃぶっている」

「違……っ！」

快楽を知ってしまった身体は従順に綻ぶ。期待しているのが自分でも分かり、ルーチェは胸が痛んだ。

二度目はあってはならない。絶対に拒まなければ――

だが、圧倒的な快楽のせいで、そんな誓いはあっという間に砕かれた。

チカチカ明滅する淫悦に流され溺れてしまう自分の弱さに幻滅する。

――どうして……!?

一度火がついた欲望は御しきれない魔物も同然で、自然に腰が揺れてしまう。それをフォリーに指摘され、更に熱が加速する。

「凄い……ルーチェは感じやすいね。リネンがビショビショになってしまうよ」

「何故……こんな事するの……!?」

「決まっているじゃないか。ルーチェを愛しているから。何度も言ったでしょう？」

――愛？　愛って何？

「こんなの……愛情じゃない……！」

愛とはもっと穏やかなものであるべきだ。分け隔てなく、打算も欲も存在しない無償の優しさで包まれるもの。

決して奪われ、喰らわれる激しいものじゃない。

ルーチェの知る愛は、陽だまりに似た温もりと時に厳しさを併せ持つ、見守る優しさ。

リシュケルの与える平穏こそが、究極の形だ。

「確かにルーチェの言う通りかもね。でも色んな形があるんだよ。僕にとってはこれが最上の表現なんだ。貴女がどう思うか分からないけど、全て手に入れて、片時も離したくない。できれば永遠に繋がっていたい。心も身体も全部欲しい。僕は聖人じゃないから、いつでもルーチェを抱きたいし、貴女を見ていると欲望を抑えるのが辛くて堪らない」

「そんなの……フォリーは、孵化《ふか》した雛が最初に見た動くものを親と認識するように、私に執着しているだけよ……？」

見えなくとも感じる、呼吸さえ許されない圧迫感に声が震えた。

自分はそこまで、誰かを請うた事があるだろうか。

答えは簡単だ。たとえリシュケルにさえ一度もない。

これまでルーチェが生きて来た世界では、狂気を孕《はら》んだ執着など存在しなかった。穏やかで完成された、閉じられた世界。揺蕩《たゆた》うように安寧を祈っていれば、それで良かった。

疑問も何も差し挟む余地はない。

だから————理解できなかった。

「……無意味だわ……」

ひゅっ、とフォリーが息を飲む音が聞こえた。

「身体だけ所有しても、心が伴わなければ何の意味もない……」

「……それなら、貴女が損なわれる事もないね……」

悲しい、声だった。胸が締め付けられる痛みに、ルーチェは布の下で目を見開く。

何も見えないのがもどかしくて外そうとしたが、動かせる上半身を起こしたくとも、何故か上手く力が入らない。

明らかに先ほどより身体の動きが鈍くなっている。

「お願いよ、私を帰して。こんな事許されるはずがない。絶対にフォリーの名前を出したりしないから……」

「……今更戻ってどうなるの？　無理矢理穢されたと言えば救われるとでも？　――無駄だよ。落伍者に世界は冷たい。堕ちた聖女なんて、何の価値もない。ノコノコ帰ればふしだらな悪女として裁かれるのがオチだ」

「それでも構わないわ！　私の帰る場所はあそこしかないの……！」

他に、生き方など知らない。本心からの叫びは悲痛に響いた。

「……そう。でも前にも言ったよね？　貴女の戻れる道はないって。僕が全部奪うから」

「……ヒ……ッ!?」

必死な懇願が届かなかった失望は、闇の中で与えられた感覚で弾け飛んだ。

胎内への入り口を棒状の何かが撫でる。奇妙に滑《なめ》らかで硬いのに、先端には短い糸のようなものを感じるそれ。

　先日知った男性の象徴ではない。もっと細くて冷たい異物。それがルーチェから溢れる蜜を纏って、極浅い部分を舐めていた。

「な、何……!?」

　視覚が塞がれた分、感覚は鋭敏になる。どこから何をされるのか分からない恐怖と共に、密やかな興奮が鼓動を速めた。

　逃れようと足掻きつつ、神経はそこへ集中し、入れられたものが丸みのある円柱形である事が伝わって来る。

　ヌルヌルと滑りながら気紛れに敏感な芽を擦られ、腰を跳ね上げた瞬間、いやらしい音と共に半ばまで押し込まれた。

「ヒ……ッ！」

「何だと思う？　当ててごらんよ。見事正解したら、抜いてあげる」

「ん……っ、ゃぁ……！」

　ぐちゅりと更に奥まで侵略され、意思とは無関係にそれを締め付けてしまった。

　擦られた壁が異物感にわななく。

　それほど太さはないせいか痛みはない。それでも捏ねるように動かされ、もどかしくて熱が上がった。真っ直ぐな形状のせいかルーチェが一番感じる場所には届かず、物足りなさでじりじりと焦げ付いてゆく。

「……あっ、あぁ！」

「ねぇ、ほら何だと思う？　早く答えないと、もっと奥まで入れてしまうよ？」

「い、嫌……っ、おかしなもの入れないで……！」

ぬちゅぬちゅとわざと立てられた音は、淫らに過ぎる。棒状のものを出し入れする合間に、はしたなく顔を出した芽を指で弾かれ、ルーチェは喉を晒して達してしまった。

「ん、ふぁ……ああッ」

「気に入った？　僕以外のもので、なんて少し妬けるな」

「……は、ぁっ、あッ」

まだ絶頂から下りきらないのに謎の物体は引き抜いて貰えず、執拗に奥を抉る。指では届かないところを擽られ、けれど物足りない質量がルーチェの理性を食い荒らしてゆく。

「ひ、ン……ッ、待って、今駄目ぇ……っ！」

気持ち良いと言うより苦しい。満たされない空が切なく震えた。

「ほら、まだ分からないの？　もっと奥まで咥えたらはっきりするかな？　それとも数を増やす？」

「やぁ……っ！　あ、あっ、怖い……っ」

恐ろしい提案に頭を振り乱して抵抗した。

無機質なものが次第に温まっても違和感は拭えない。溢れる涙は全て目隠しの布に吸わ

れ、重く張り付く。

「……ぁッ、あ、また……また来ちゃう……っ！」

「うん、良いよ。何回でもイって。淫らで弱い部分、もっと見せて」

角度を変えられた先端がお腹側を押し上げ、同時にすっかり膨らんだ芽を甘噛みされた。

「アッ、ンあああっ」

重かったはずの手足は淫らに踊り、突っ張った後、糸が切れたかのように寝台に落ちる。

整わない息が胸を痙攣させた。お腹の中から溢れた蜜が太腿を伝うのが感じられる。

「――残念、時間切れ。正解はこれだよ」

心底楽しそうに解かれた目隠しは、すっかり濡れそぼち変色していた。

愛しげにそれへ口づけてからフォリーが差し出したものに、ルーチェは愕然と眼を見張った。

粘着質な蜜をまぶされ卑猥に煌めいていたのは、一本の蝋燭。

それも見慣れたもの。

毎朝祈りを捧げる際に灯す事を義務付けられている、神聖な鯨蝋だ。

高価であるのを示す乳白色の光沢が、太陽光を受け尚更艶《なまめ》かしい。

「な……！」

「気持ち良かった？」

歪んだ笑みで見せつけるようにそれを舐めるフォリーは、皮肉なほど美しかった。その赤い舌が先ほどまで嬲っていたものが自身の身体だと思うと、尚更居た堪れない羞恥心が湧きあがり、身の置きどころもない。

聖なる道具を不謹慎に使われ、快楽に流されかかっていたルーチェは我に返った。

「何て罪深い事を……っ、」

「これね、ルーチェの方が良く知っているかもしれないけれど、祈りの間中灯していないとならないでしょう？　作っているのは教団のみ。庶民にとっては、とても高価なものだ。他にも獣脂の蝋燭なんかがあるのに、公式では認められていない。確かに獣脂から作られたものは臭いがきついけれど、用途においては充分なのにね」

「……？　何の話……？」

急に滾《たぎ》る欲を打ち消したフォリーが、つまらなそうに手にした蝋燭を数度振った。

「製造権利は全て教団が掌握していて、値段も言い値で取り引きされるしかない。神に捧げるものを値引きなんて、普通はできないでしょう？」

「あの……？」

意味が分からず、首を傾げた。ここ最近ですっかり見慣れてしまった皮肉な笑みを浮かべたフォリーは、小さな溜め息をつく。

「……ごめんね、八つ当たりだよ。ルーチェに言っても仕方ない事だ。けど貴女があまりにも……だから、少し苛立ってしまった」

悲しそうに頬を撫でられては、怒りは霧散してしまう。汗で額に張り付いた髪を払ってくれる指が心地好いとさえ思った。

「ルーチェ、僕が嫌いになった？　口をきくのも値しないと思う？」

「そんな……酷い事をするフォリーは苦手だけれど、嫌いになんて」

強い力でしがみ付き必死に顔を覗き込んで来るのは、まるで幼子だ。

既に身体はルーチェよりずっと大きいのに、時折覗く昔の面影に心が乱される。その度、言葉にしきれない感情が生まれる。

かつての自分にもあった、世界は自分の周りだけで完結していると信じ両の手で数えられるものだけを大切にしていれば良かったあの頃。

それらに背を向けられれば、世界は崩壊すると本気で信じられた。

「お願い……！　嫌われても良い。でも僕から離れないで。見捨てないでよ……！」

きっとフォリーにとって、自分はそれらの一つなのではないかと思う。幼い頃の宝物は、中々捨てられないものだ。ルーチェだって、かつての思い出を大切にしまいこんでいた。ましてその後苦労したらしいフォリーが、過去の想いに縋っても何ら不思議はない気がする。

迷子のような彼を突き放すなんて、やはりできない。

もう子供特有の丸みは失われた青年に手を伸ばし、その頭を胸へ引き寄せる。癖のある髪が鎖骨付近に触れ、少し擽ったい。

抵抗なく落ちてきた身体は、それでも体重をかけないように気を使ってくれているのだろう。

何度も髪を撫で、無言で視線を合わせた。

わだかまる言葉は沢山あるのに、何を言いたいのかルーチェには見つけられなかった。

ただ、目を逸らしてはいけないのだと本能が訴える。

未だ快楽に震える身体は火照りが治まらず、正直苦しい。フツフツ煮える甘い衝動を持て余しながら、波間を漂う木片を思い浮かべていた。

沈みそうで沈まないそれも、いずれは波に砕かれてしまうだろう。時間の問題で大海に消え失せる。

今の自分はまさしくそれだ。

フォリーという夜の海に呑まれ、溺れるように泳いでいる。

いつかは陸地に辿り着けるのか。それとも儚く消えてしまうのか。

だとしても、きっと手を振り払う事など選択できない。

――この弱くて残酷な人を救うことが、私にできる聖女として最後の仕事かもしれない。

帰る場所がないのなら、フォリーの隣でできる事をしてみよう。罪はその後、償えば良い。

「……見捨てたり、しないよ……」

恋愛感情じゃない。同情でもない。

ならば、この切なさに付ける名前は何だろう？

単純に快楽の味を知り、堕落しただけなのか。

「……ルーチェが好きだよ。何でもする。どんな願いも叶えてあげる。僕から離れる事以外ならね」

甘い呟きが鎖骨を湿らせる。執着の蔦が侵食を強めた。

「……ふぅ……っ」

強く抱きしめられると、胸の頂きが擦れて辛い。すっかり赤く尖ってしまった果実はもっと直接的な快楽を求めてやまない。

くべられた薪は燃え尽きるまでその炎を弱めてくれる事はなく、完全に焼け落ちる寸前、最もその火力を増す。

濁った思考は最早一つの期待しか考えられず、疼く身体を持て余していた。

「ぁ……私……」

「……うん。分かっているよ。ルーチェは何も言わなくて良い」

悲痛に眉根を寄せながら、フォリーはそっと口づけを落とした。

ひたすら優しく、擽るように舌先を絡めルーチェを誘うように。

「……ん、あっ、あ……」

その柔らかな感触にうっとりと酔いしれる。促されるまま舌を差し出せば、緩やかに吸い上げられた。

「はぁ……っ、今だけ、何も考えないで。僕だけを感じて……」

「……あ、ぁ……ああっ……」

濡れた襞を押し広げる硬いものは、ルーチェの待ち望んだものだった。

「……ルーチェ、ルーチェ……！」

いくら言葉で拒絶しても、嬉しそうに受け入れてしまう身体が本心を物語っていた。

蝋燭などとは比べ物にならないずっと逞しい屹立に貫かれ、背筋が震えるほど歓喜している現実を突き付けられる。

「お願い、逃げないで……っ、ルーチェ……！」

「あッ、あぁっ、駄目……っ」

過ぎる快感が恐ろしくて思わず引いた腰を、フォリーの手で強く引き戻された。

深くなった結合に眩暈がする。

上っ面の否定は無意味に散った。言い訳など追い付かぬほど、気持ちが良い。狂いそうな快楽に呑まれ、ルーチェは甘い鳴き声をあげた。

「……はッ、ぁ、あんっ……あ」

「……綺麗だよ、ルーチェ。好き。大好き。ごめんね……愛してるんだ……！」

ぐぅっと最奥まで突かれて目の前に火花が散る。幾つも数えきれないほどに眩しく弾けて消えてゆく。

抉り出される淫らな喜びによって高められていくにも拘らず、逆に落下しているように感じるのは、きっとルーチェの気のせいではない。
激しく揺さぶられながら見えた二人で共に堕ちる幻影は、どこか魅惑的に思えた。

5　芽生える

久しぶりの土の感触は、ルーチェを元気付けた。

船が港に着いた際、ルーチェは荷物のように大きな箱に入れられて運ばれた。同行の巡礼者達の目から隠すためだと説明され納得はしたが、狭い箱の中は暗く冷たくて、隙間から覗く音や光に手を伸ばしたくなる衝動を抑えるのに苦心してしまった。

まるで生きたまま埋葬されるような恐怖から解放され、漸く動かない大地を踏み締め安堵したのも束の間、今は馬車に揺られている。

聖地の島に渡るには、この港街プレジアから船に乗る必要がある。必然的に全ての巡礼者はここに集まるため、街は活気に溢れていた。

嗅いだ事のない香りに見慣れぬ服装。大勢の人間と飛び交う言語。全てがルーチェにとって未知のもので、物珍しさに目を奪われる。

初めて見る人々の生活。

しかしそれらを味わう暇もなく移動を強いられている。

「疲れた？　ルーチェ」

不安気に覗き込む紅玉の瞳へ、ルーチェは微かに微笑んだ。

「大丈夫よ。少しお尻が痛いけどね」

馬を飛ばせば一日も必要ないらしいが、体力のないルーチェを連れていては厳しいと判断したフォリーにより馬車で安全に進む事になった。

じっとこちらを観察するフォリーの視線を避けつつ、ルーチェは疲れを気どられないよう敢えて明るく振る舞う。

本当は絶え間ない振動が辛い。

だが船内でも散々手を煩わせてしまったのだから、これ以上は面倒をかけたくはない。

それに、何が彼を暴走させてしまうきっかけになるのかが分からず怖かったのも、理由の一つだ。

「……辛かったら、言って。我慢なんかしないで」

膝に置いた手を握られ、懇願された。その真摯な表情には、ルーチェを案じる優しさが溢れている。

こんな愛らしいフォリーが、時に牙を剝くなど今でも信じられない。いっそ全て夢なら良かったのに。

そうしたら、出会った事さえ幻になってしまうのだろうか？

（……それは、嫌……）

彼との思い出は失いたくない。でもできるなら今の状況は忘れてしまいたい。

どうして子供のままでいられないのだろう。純真な心のまま、欲など知らずに生きていけたら。

だが、嘆き悲しんでいるだけでは何もならないと思い直し、どうすればフォリーを救えるのかと思案した。あの行為や過ぎた執着はやはり罪深い気がして受け入れ難い。でも流されてしまう自身の弱さが、彼に間違いを助長させているのだろう。

先日の淫らな宴も、結局はルーチェが強請ってしまったのだから。

はっきり欲望を告げもせず、フォリーにだけその罪悪を押し付けたのも同然。これでは彼を救うなど夢のまた夢だ。

ならば自分にしてあげられるのは何だろう。同じ想いを返してもあげられないのに。

揺れる想いは落ち着く場所を見つけられず、鼻の奥を刺激した。

涙ぐんだのを気付かれたくなくて、小さな窓から外へ視線を移す。

暮れ始めた街のあちらこちらには街灯が灯り始め、昼間の賑わいとは別の顔を見せ始めていた。

明るい内は逞しい海の男達や陽気な女達が闊歩し、市場で賑わっていた通りも、次第に表情を変えてゆく。

それまで気付かなかったけれど、道端のそこかしこに座り込む薄汚れた子供達。どの子も皆、疲れて虚ろな顔をしている。

暗がりに佇む必要以上に肌を晒した女達は、健康的とはほど遠い妖艶さで意味深な視線を男達に投げかけていた。

「あの、フォリー……あれは……？」

とても嫌な感じがする。恐る恐るフォリーを振り返ったが、その隙に長い腕が伸びカーテンを引かれてしまった。

「……ルーチェが気にする必要はないよ」

強張った顔は、それ以上の追求を拒んでいた。ルーチェにしても、何が引っ掛かったのか分からぬほどのしこりだ。詳しく問い質したかったが、フォリーが案外頑固なのは知っている。きっと答えるつもりはないのだろう。

結局それ以上の会話も続かないまま手もとを見詰めていた。

「――顔色が悪いよ。やっぱり少し休もう。この通りの先に顔見知りが経営している宿が在るんだ。休ませて貰えるよう交渉してみるよ」

そう言った彼に案内されたのは、裏道に建つこじんまりとした宿だった。

表の喧騒からは一本離れただけで、辺りは急に静かになる。人通りも少なく、あまり繁盛しているとは思えなかったが、女ひとりで経営し生活するには十分らしい。

大きな身体を揺らしながら、女将《おかみ》は豪快に笑った。

「フォリーさん、久しぶりだねぇ。そちらは？　御結婚されたのかい？」

「ええ。妻です。少し身体が弱いんで、休ませていただけないでしょうか」

愛おし気に肩を抱かれては、否定するなどできない。まるで我が事のように微笑ましく目を細める壮年の女性を前にして、違うと主張するのも憚られた。

「いつもの部屋が空いているよ。好きなだけ使うと良い」

無造作に結い上げられた黒髪に浅黒い肌。人の良さそうな黒眼の女性の視線がルーチェに注がれた。目が合うと白い歯が印象的な笑顔で手を振られる。そんな対応を受けた事がなかったので、ルーチェはどう返せば良いのか分からず戸惑う。

聖女としてなら、微笑を返せば良いのだろう。だが今の自分は違う。少なくとも、そう振る舞う必要がない。

そう気付いた途端、何をすれば良いのか全く思いつかなくなってしまった。

その事実に愕然としたまま通された角部屋は日当たりが良く、寝台に横になると一気に疲労感に襲われる。

思った以上に疲れが溜まっていたらしい。緊張状態を強いられ、心も身体も疲弊していたのだと思い知る。同時に自分がそうならば、フォリーも同じだろうと思い至った。おそらく、彼も碌に寝ていない。

「やっぱり疲れたんだね、少し眠りなよ。……大丈夫、何もしないから」

それを心配していたのではないルーチェは、少なからず驚き複雑な気持ちになった。むしろ、心は穏やかに凪いでいる。

「僕はシオンと一緒に隣の部屋にいる。何かあったら、すぐ声をかけて。久しぶりに一人でゆっくり眠ると良いよ」

自分がいない方がルーチェのためだと言わんばかりに、フォリーは目を逸らした。

そのまま背を向け部屋を出て行ってしまう後ろ姿が、寂しい。しかし引き留める言葉もないまま、目線だけで見送った。

一人の時間など慣れきっていたはずなのに、堪らなく心細いのは人の温もりを知ってしまったからか。抱き締められて他者の熱に包まれるのは、緊張もするが心地好くもある。弱くて狡い自分は、縋ってはいけない人に、拠《よりどころ》を求めている。

考えなければならない事は山積みなのに、気怠い頭がそれを拒む。

これまで、何かを自分で決める必要はなかった。

求められている事だけをこなせば良く、それは全て明確に示されていた。

今思えば、なんと気楽な事だったのか。

己で選択しないというのは、責任も発生しないというのに他ならない。

何かを成している気になっていながら、その実、言われるがまま流されていたに過ぎなかった。思考停止していた事に改めて気付かされた。

初めて決められた生き方を外れて、途方に暮れる。

先の事を考えると怖くてじっとしていられない。不安に苛まれ、叫び出したくなる。

目を逸らすのは、酷く卑怯な気がして無理だ。だが、どこから手をつけて良いのかさえ見つけられない。

何かに縋り付きたい衝動を抑えきれず、隣室に続く壁に手を当てる。

無機質なそれは、何の温度も伝えてはくれない。

それでも静かに触れたまま動けなかった。根拠はないが、フォリーは壁のすぐ向こうにいる気がする。

二人の気持ちの間にあるのは、これと同じもの。

互いに向き合って傍にいるのに、触れ合う事はできない。それどころか、直接顔を見るのさえ難しい。伝え合うのは気配だけ。

言葉さえ、上手く届かず上滑りしている。

ルーチェにフォリーの考えは理解できないし、彼にこちらの思いも伝わらない。

永遠の一方通行。価値観が違うと言ってしまえば、それまでのことだ。

でも今、ルーチェは知りたいと思った。

壁の向こうで項垂《うなだ》れているのが容易に想像できるフォリーの心に触れてみたい。共感は無理でも歩み寄れないものか。

撫で続けるうちに壁は僅かに温まり、まるで手を握り合っているかのように同じ体温を分け合って、境界を曖昧に溶かしてゆく。

身体は休息と睡眠を求めているが、波立った精神は束の間の安らぎを放棄した。

何も得られぬ諦めを感じて痺れた腕を壁から離し、疲れた身体を横たえても眠りは訪れてくれない。幾度も寝返りを打ち、フォリーの去った扉をぼんやり見詰め出口のない迷路を彷徨う。

だからそれが開かれた時、彼が戻ったのかと鼓動が跳ねた。

嬉しかったのか、緊張したのかは分からない。ただ、顔を覗かせた人物を息を止めたまま凝視していた。

「体調はどうだい？　奥さん」

現れたのは、先ほど出迎えてくれた宿の女将だった。

まん丸とした顔には年相応の皺が刻まれ、手足は丸太のように太い。ただし大きな身体には似つかわしくないキビキビとした動きで、ルーチェの傍までやって来た。

「眠れないようだから、様子を見てきてくれと旦那さんにお願いされたんだよ。熱はないみたいだけど、吐き気はあるかい？」

肉厚の手の平がルーチェの額に触れ、気遣わし気に小首を傾げる。

寝台の横に湯を張った桶を置き、女将は笑顔を向けた。

「起きられるかい？　無理ならそのままでも良いよ。脚を洗ってやろう。少しは身体も温まる。女に冷えは大敵だからね」

「あの……」

「それにしても愛されているね。年の割にしっかりしているフォリーさんが、奥さんの事ではまるで子供みたいに心配していたよ」

クスクスと笑いながら、戸惑うルーチェの脚を取る。慌てて引こうとしたが、やんわり押し留められた。

「細い脚だねぇ！　まるで小枝みたいだ。まったく男ってのはどうしようもない生き物だよ。こんなか弱そうな娘さんに無理させたんだろう？　いくら新婚だとしても、限度というものを知らなきゃ！」

恐らくは隣の部屋に聞こえるようにわざと大きな声を出したと思われるが、女将の豪快な話し方にルーチェは面食らってしまった。

そもそも神官には男性しかいないから、これまでルーチェが年配の女性と触れ合った機会は極端に少ない。どう接して良いのか分からず戸惑ってしまう。

「私はアビルダ。ここを一人で経営している。奥さんの名前は？」

「あ……ルーチェ、です」

「可愛い名前だ。フォリーさんとはどこで知り合ったんだい？」

悪意も他意もないのは分かっているが、その質問には答え難かった。正直に返答するのは問題がある気がして、僅かに言い淀む。

「昔……子供の頃……」

嘘は、言っていない。

「ああ！　幼馴染かい！　良いねぇ。私と死んだ旦那もそうだったんだよ」

過去を懐かしむ眼をした女将は、寝台の縁に腰掛けたルーチェの脚を取り、湯に潜らせる。

「いつも泣いてばっかりの情けない奴としか思っていなかったのに、いつからか急に男っぽくなってね……気付いたら、私が守られていたよ。ふふ、これでも若い頃は私も可憐な乙女だったんだ」

少し熱めの心地好い温もりが肌を滑る。爪先から何かが解れてゆく。知らず、詰めていた吐息が漏れた。

「フォリーさんと違って地味で口数の少ない冴えない男だったけど、私にとっちゃ最高の男だった。まぁ、甲斐性はあんまりなかったね。でもこの宿と子供達を残してくれたし良しとするか」

子供達は既に成人しそれぞれに家庭を持ったのだと、どこか誇らしげにアビルダは語った。

「その方を、愛していらっしゃったのですか」

「そりゃあねぇ。でなきゃ結婚しないよ」

ケラケラ笑いながら手を振る様は陽気な明るさに満ちていて、悲壮感とはほど遠い。だから聞いてみたくなった。

「……特別な愛情とは何ですか」

「はぁ？　何を今更言っているんだい？　フォリーさんと結婚したんだろう？　もしかして政略結婚なのかい？　お金持ちも大変だねぇ……」

同情を滲ませた眼を向けられ、戸惑ってしまう。勝手に出した結論に満足したのかアビルダは数度頷いた。

馬鹿馬鹿しいと切り捨てられなかった事に勇気付けられ、もう一つ質問を重ねる。

「愛……は平等なものではないのですか」

「……そういったものもあるし、違う場合もあるよ。フォリーさんはそういう存在じゃないのかい？」

「……」

分からない、とは口にできなかった。大切なのは間違いない。けれど他と比べてとなると、罪悪感が邪魔をする。

「触れたいと思う？」

「え？」

唐突に問われた内容が予想外で、聞き間違えたのかと思った。

「女はねぇ、その辺をもの凄く冷静に判断するんだよ。だって痛い目を見るのは圧倒的に女の側だからね。この男を受け入れられるかどうか、命を懸けて子供を産みたいと思えるか……ちゃんと考えている。それが知人や友人と恋しい相手との違いだと私は思うよ。逆に言えば、そういう理性を剝ぎ取れるほどの魅力を感じていなきゃ嫌悪感しか湧かない。ルーチェさんはどうだい？　フォリーさんに触られてどう思う？」

「あ……」

嫌ではない。むしろ……

浮かんだ答えに慌てて頭を振った。それは出してはいけない解答だ。

「大丈夫さ。あんなに愛されているんだから、必ず幸せになれるよ。私と同じでね」

「一番大切な人を失ってもですか……？」

アビルダの伴侶は既に亡くなったと言っていた。それなのに幸せなんてあるのだろうか。清く正しく生きれば、死後に楽園で再会できるかもしれないが、アビルダはまだ若い。その時が訪れるのは何十年も先のことだろう。ならば、長い別離は苦痛を伴う試練ではないのか。

「勿論。それが旦那の願いだからね。いつも笑っていて欲しいというのが遺言だ。だからそれを守るのが私の幸せでもある。私が幸福であれば、きっとあの人も同じだ。どうしようもない泣き虫だったから、私が笑ってなきゃ泣きっ放しになっちまうよ」

悪態とも取れる言葉を吐きながら、その瞳には尽きない恋情が宿っている。幸福を滲ませた表情に、ルーチェの胸は身体同様に温まってゆくのを感じた。

誰かを、特定の一人を請い願う想いに触れ、信じてきたものを乱される。

それはとても純粋で美しく、羨ましいとさえ思った。

「愛した相手にはいつでも幸せでいて欲しいだろう？　――それが私の考える『特別』、かな」

アビルダは不安に揺れるルーチェの目と同じ高さに腰を上げ、「照れるじゃないか」とはにかんだ。

「フォリーさんは優しくしてくれるかい？　詳しくは知らないけれど、ありゃ身分のある方だろう。着ているものや物腰を見ていれば分かるよ。本人ははっきり言わないけどね。でもそれを鼻にかけないで私ら庶民も平等に扱ってくれる好い男だ。普通お偉い方々は一般人なんて人とも思ってないからねぇ」

「あの……彼、とはどういうお知り合いなんですか？」

「ただの宿の主人とお客様だよぅ。やだね、変な事でも考えているのかい？」

屈託ない笑い声が室内に響いた。そのあまりの大きさに再び驚いてしまう。

「何年か前から、よく立ち寄ってくれているんだ。詳しくは語らないけれど、リシュ教について調べているらしい。私の一番上の姉は聖女様に選ばれた事があるんだよ。尤も私は会った事もないから聞かれても困るんだけど、その事についても色々質問されたね」

「え……？　聖女に？」

「ああ。だから生まれてすぐ教団に連れ去られてしまったと、母はよく嘆いていたよ。でも当時は生活も苦しかったし、教団に引き渡すより他なかったとか。それに名誉な事だからね」

女将の年齢から考えれば、何代か前の聖女だろう。勿論ルーチェに面識はない。

そして既に没しているのは確実だ。

聖女に関する記録は残されない。それは彼女達が『個人』ではなく全て『神の伴侶』という存在に集約されるからだ。もっと言えば、本来名前さえ必要ない。

ルーチェにしても、あの島で名前を呼んでくれるのはマリエスただ一人だった。

「漸く温まって来たね。肌が白いから、血色が良くなるとすぐ分かるよ」

柔らかな布に包まれ水気を拭き取られる。足先から広がる温もりが強張っていた諸々を癒してくれた。

するると途端に疲れが瞼を重くする。

「ゆっくり休むと良い。後で軽い食事も用意するから」

頭を撫でてくれたアビルダの手は、とても優しかった。

久方振りに訪れた穏やかな眠気がルーチェを寝台へ誘う。

「お休み」

ゆっくり瞳を閉じかかった時――

「ふざけるな！　ぶつかって来たのはそっちだろう‼」

いきなり立った男の怒号が外から響いた。ビリビリと窓を震わせるような大声に、せっかく摑みかけていた眠気が霧散してしまう。

「な、何……？」

「ああ、喧嘩だろ。最近多いんだ。丁度巡礼期間後だからね。この時期はやって来た金持ち目当てに余所者も増えるんだよ。ただでさえ港街で人の出入りは激しいが、普段以上に色んな人間が集まって来る。単純に商売するだけなら問題ないけど、中には良からぬ輩も混じっているからね。どうしたって治安が悪化するのさ」

事もなげに話すアビルダの顔は、よくある事だと言わんばかりだった。

その間にも何かが倒れたり壊れる音、罵声が飛び交う。

「こ、こんな事がよく……？」

「いざこざなんか日常茶飯事だよ。強盗や酷い時には殺人だって珍しかない。昔は平和な街だったんだけどねぇ」

「そんな……」

この街は言わば聖地への玄関だ。

聖地の島へ渡る船が出る唯一の港が在り、対岸に望む聖地を一目見ようと必然沢山の人が集まる。

最も楽園に近い場所。それがプレジアの港だ。

だからこそ、安定した恩恵を得ているのだと思っていた。

それなのに、こうも荒《すさ》んだ空気が漂っている。

「ああ、心配しなくてもここより裏に行かなければ大丈夫だよ。でも日が暮れたら出歩くのはお勧めしないね。まあフォリーさんがいれば問題ないと思うがね」

安心させようとしてくれているのかアビルダは手を握ってくれたが、心は全く安まらなかった。

「街頭に……沢山子供が座っていましたが……あれは……？」

「ああ。親がないか、飲んだくれや暴力を振るわれるかで一緒に暮らせない子達だろ。近頃増えてきている。あの子等の置き引きやスリも多いから、気を付けるんだね。何だい？

真っ青な顔して。――ああ、ルーチェさんは良いところのお嬢さんなんだねぇ。こんな話して申し訳なかったよ」

ばつが悪そうに切り上げようとするアビルダを、ルーチェは慌てて引き留めた。

きっとフォリーは教えてくれない。先ほどと同じ様にはぐらかされてしまうだろう。そんな予感がした。

けれど、目を逸らしてはいけない気がする。

「な、何故そんな……っ」

「今年は漁が不良で作物の出来も悪かったからね。でも税は相変わらず上がり続ける。教団への寄付も同じさ。自由意思と言いながらも、その実強制だ。きちんと納めなきゃ埋葬もして貰えないから」

「そんな……」

ルーチェの知る限り、島では皆清貧を貫いている。衣食住は必要最低限。贅沢など無縁の暮らし。

全て弱い者のために尽くし、祈り捧げよと教えられて来た。

だが、ふとした瞬間奇妙に感じた事もある。

例えば、年々肥満体型の神官が増えた事。不要なまでに質の良い儀礼服。華美ともとれる豪奢な広間――

微かな違和感の正体が今、はっきりと眼前に晒された。

あれらを支える財力はどこから賄《まかな》っていた？

神官の人数は年を追う毎に増え、今も居住区を増やしている最中だ。年々豪華に盛大になる島での巡礼の祭り。自給自足では手に入らないものだってたくさんあった。

全ては、善意の寄付だと教えられていた。

だが、その本当の姿は、本来施しを与えなければならない人々からも搾取して、一部の人間だけが得をするという歪んだものだったのだ。

「教団は……人々を救うものではないの……？」

「ここ数年はとてもそう思えないよ。たぶん彼等の言う『万民』には裕福な貴族や商人しか入っていないのさ。私ら大多数の貧乏人は置き去りにされているとしか思えないね。特に八年前の内乱からこっち色々締め付けも厳しくなったし」

「内乱……？」

聞き慣れない単語に唖然とした。そんな事実は初耳だ。ルーチェが聖女になってから、国は安定していると聞かされていたのに。

「あの年もあちこちで飢饉があったからね。横暴な領主の下では反乱が起きたところも少なくないさ。この辺りも巻き込まれて……旦那が死んだのもその時の怪我が元だよ」

当時の事を思い出したのか、アビルダの声が硬いものに変わる。

「内乱なんて……私、知らなかったわ……」

「ああ、ルーチェさんはこの辺の出身じゃないんだねぇ。遠くからお嫁に来たのなら知らなくても仕方ないさ。何年も前の話だし」

一度も、そんな事を聞いた覚えはない。どうしてそんな重大な事が耳に入らなかったのだろう。

いや、この件に関してだけではない。自分には知らない事が多過ぎる。守られていたのではない。情報を排除されていたのだ。

「……っ」

「何だか湿っぽくなっちまったね。どうしても不満たらたらになっちまう。やだやだ。それでもまぁ……聖女様がいらっしゃると思えばこそ、せっせと供物を納めてしまうんだけど」

喉が渇いた気がした。張り付くせいで、上手く喋れない。

グルグル回るのは世界か自身か。

――ならば、自分は一体何のために――

必死に守っているつもりで、それは何一つ彼等に届いてはいなかった事になる。むしろ苦しめていたとさえ言える。

祈っても、祈らなくても変わりがないのであれば、決して短くはない年月を捧げ続けた己は無意味という事だろうか。いや、自分の事などどうでもいい。

けれど救わねばならないはずの彼等は、ルーチェが無為な時を消費する間も、期待と希望を持って信じ続けてくれていた。その身を削ってまで差し出されていたものに返せるほどの働きを、自分はしていただろうか。

答えは、否――

気付きもせずに、訳知り顔で聖女を名乗っていたなんて。

虚無感が足もとに口を開ける。沈み込みそうな深淵が、そこには在った。

「顔色が悪いねぇ。ほら、少し眠りなさい。おかしな輩なぞこの宿には入れやしないから、安心して良いよ。外の事なんて気にしなさんな」

アビルダの力強い断言も、ルーチェの耳には届かなかった。にも拘らず、未だ収まらない表の喧騒だけは脳内に木霊する。窓から見下ろしてみたい気もするが、大声で罵り合う人々など見た事もないルーチェは恐ろしくて、囃《はや》し立て煽る声が上がるのも信じられない。

理解できないものが恐ろしい。

これまでルーチェの世界は、簡単な対立構造ででき上がっていた。

善と悪。清と濁。人の根源は清く美しいもので満ちていて、自分の役割はそれを維持できるようにリシュケルを慰める事。きちんと果たしてさえいれば、安寧と繁栄がもたらされるはずなのだ。

それなのに、その根底が脆くも崩れ去る音を聞いた。

その瞬間から、居心地の良かった箱庭は、得体の知れない暗闇へと一転する。

「横になりなさい。本当に酷い顔色だよ」

フォリーが隠そうとしたものはこれだったのだと、唐突に理解した。

知らなかったでは済まされない。その機会がなかったと言えばその通りだが、働きかけさえしなかったのはルーチェ自身だ。

純潔を失った事など大した罪ではない。本当の大罪は甘えて行動しなかった自分にある。

身体中が震え、せっかく温まった指先も冷えてゆく。

そんなルーチェを気遣い、アビルダはカーテンを引き室内を薄暗くした。

「夜になればこの辺りは静かになるよ。大通りに面した店は遅くまで開いているから、あっちの方は多少は賑やかだがね」

すっかりルーチェを箱入り娘と勘違いしたアビルダは、騒ぎが原因で怯えていると考えたらしい。勿論それも一つの理由だが、胸中に巣食う絶望感はそれだけでは到底説明できなかった。

混乱した状態で言われるがまま横になり、アビルダが出て行って暫くすると潮が引くように騒動は収まった。その変わり身の早さが、この程度の騒ぎがいつもの事であるのを示している。

不安にささくれた精神は、限界を迎えそうだった。逃しきれない焦燥が胸を焼く。

隣室にはフォリー達がいるのだろうが、奇妙なほど気配はない。

助けを求めたくても、その相手が見つからない。

一瞬マリエスの顔が浮かんだが、慌てて打ち消した。

過程はどうあれフォリーと共にいるのを選んだ自分には、マリエスに頼る事など許されない。それはあまりに虫が良すぎる。

怖い――――という感情を、これまで知らなかった。

たとえ肉体的に資格を失っても、心だけは聖女のつもりだった。命が終わるまで、人々に尽くす覚悟はできている。

けれど今しているのは、そこからかけ離れた行いだ。

やるべき義務を怠り、あまつさえフォリーに特別な感情を抱いてしまっている。

そのうえ、何度打ち消しても湧き上がる疑問――――

『今までして来た全ては無駄だったのではないの？』

最早心さえ聖女としての矜恃を失いつつある気がしてならない。

「……怖い……」

寄る辺ない身の上が。

今の自分には何もない。あるのは『元』聖女としての誇りだけのはず。それさえ奪い取ろうとするフォリーは、いったい何を求めているのだろう。

嵐に翻弄されながら甘く掠れた声で何度も囁かれたのは、『ただのルーチェ』を欲するもの。

「……そんなもの、何の価値もないのに……」

全てを引き剝がされ、意味をなくしたルーチェは空っぽだ。世の中を碌に知らず、できる事は限られている。

ここまで来る間も、ルーチェは自分の食事一つも満足に用意できないお荷物だった。

船の中では自由がなかったとは言え、与えられるものを素直に受け取るだけだった。

自分が無知であることを痛感し、その上信じて来たものの根幹が揺らぐのを感じる。

足もとが崩れる虚無感がルーチェを襲った。

自然、手はシハを求めた。

あれを含めば、一時的とはいえ気持ちが楽になる。

堕落した自分にもリシュケル様は優しい。変わらぬ温情を傾けてくださる。

神との一体感が欲しくて、震える手で水差しに粉を溶いた。

本当はアルコールと共に摂取した方が良いのは知っている。その方が効き目が圧倒的に違う。

けれど、隣室にいるフォリーに知られたくなかった。

あの最初の夜以来、シハを飲んだ後に彼に触られるとおかしくなってしまう。

冷めない熱が出口を求めて荒れ狂い、冷静ではいられない。鎮められるのはフォリーだけ。それも酷く淫らな方法で。

傍に彼がいなければ良いのだと思う。

実際これまでは疼きを感じはしても、これほど苛烈ではなかった。一度肉の欲を味わってしまったがために、自分はおかしくなってしまったのかもしれない。

ならば、距離を置けば良い。

幸い彼はこの部屋にいない。それならシハの熱が冷めるまで、一人で耐えれば良い。今までだってそうして来たのだから。

薄い桃色に染まった水は、爽やかな香りが立ち上っていた。

一瞬でもリシュケル様を近くに感じられれば、きっと良い案が浮かぶに決まっている。

躊躇う事なく、ルーチェはそれに口をつけた。

6　忍び寄る影

急に物音が途絶えた。

フォリーは嫌な予感がして隣室とこちらを隔てる壁を凝視したが、当然何も見えはしない。

向こう側にはルーチェが眠っているはずだ。

アビルダが去って暫くは人の動く気配があったが、次第に静かになったので漸く休んでくれたのかと胸を撫で下ろしたのに、訪れた静寂は不穏な空気を孕んでいる。

だが、部屋へ向かう脚は根が生えたように動かない。

きっと安らいでいるに違いないルーチェを怯えさせたくなかった。

自分が傍にいる事で、彼女を苦しめたくない。ならば完全に目の届かないところへ自ら行けば良いのだが、それはできぬ相談だ。

眼を離せば、ルーチェは確実に消えてしまう。邪悪な男のもとから飛び立って、永遠に手の届かぬところまで。

想像しただけで、世界の終わりを見た気がした。

たぶん鎖で繋いで眼や口、耳や手足の全ての自由を奪っても、安心なんてできやしない。何故なら心が繋がっていないから。

フォリーにとっての楽園は、ルーチェにとって地獄も同じ。

せめてもの妥協案で、一時の安眠を用意するのが精一杯。

だが、胸騒ぎが募る。

短くはない時間逡巡《しゅんじゅん》した後、灯りが落とされた隣室をそっと覗き込んだ。

室内は無音――いや、乱れた息遣いに満ちていた。

「……は、ぁ、あっ……」

うなされるとも違う、艶を孕んだ吐息。熱を感じさせる漏れ出る声。爽やかで甘い香り。その全てが、一つの結論を示唆《しさ》している。

「ルーチェ、シハを飲んだの……!?」

一歩踏み込めば、鼻腔《びくう》が独特の芳香を吸い込む。良い匂いであるはずなのに、ざわりと背筋が粟立った。

枕元には空になった水差し。それから、丁寧にたたみ直された包み紙。

頬を上気させたルーチェは肩で息をしつつ、うつ伏せになり固く眼を閉じている。

「……んぅ、あ……」

行為の間と同じ艶かしい声を聞き、こんな時だと言うのに反応する我が身が呪わしい。

浅ましくも下半身に集まる熱を無視して、ルーチェに駆け寄る。

「しっかり……ルーチェ」

確認すれば、服用したと思われる量は大して多くない。それも酒でなく水で溶いたのなら、効き目は弱いはずだ。

――――にも拘らず、この状態はいったい……

まるで身体を繋げた最初の夜と同じだけの深い酩酊。

強い酒に多量のシハを混ぜ、媚薬と同じ効果により強制的に高められた性欲を持て余し苦しんでいたあの時と。

「……どうしてシハを……」

船酔いでもなければ当然儀式も関係ない。ルーチェが島を出てからも変わらず祈りの時間を設けているのは知っていたが、その際にシハを飲んではいなかったはずだ。

確かに彼女にとって日常的に口にするものだったが、徒《いたずら》に服用する品ではない。

「だっ……て、これを飲めば怖い事も全部……忘れられるの……」

舌足らずに紡がれた言葉は語尾が掠れて消えた。それでも、意味ははっきり伝わった。

「何を言って……」

「今は何も……考えたくない……っ」

フォリーの知るルーチェは通常ならばそんな弱音を吐かない。その上安易に救いを求めるような人でもない。

ならばいったいどうして。

傍らに置かれた白い包み紙が急に禍々しいものに思えた。白々しいほどの純白が眼に痛い。

シハの効果はそれほど強いものではないはずだ。軽く感度が上がり、気持ちが軽くなる程度の。

ここに来て、効き目が強まっているとでも？

「……や、ぁッ」

抱き起こそうと腕に触れた瞬間、ルーチェは甘い悲鳴を上げた。とろりと蕩けた瞳が開かれ、僅かな間の後フォリーを認識する。

「……ぁ」

淫蕩《いんとう》な期待を奥底に隠した笑みだった。同時に「どうして」とその眼は語っていた。

「ルーチェ……」

嬉し気にこちらへ両手を伸ばしながら、泣き出しそうに表情が歪む。

葛藤を表すのは、直前まで握り締めていたせいで白く血の気が失せた指だけだ。

せめぎ合う欲と理性に引き裂かれ、身の内に宿る獣に喰い尽くされようとしている。もしかしたら、正しく現実を認識していないのかもと思わせる表情に不安が湧いた。

「……フォリー……」

なのに、呼ばれる名が嬉しい。

ルーチェの声で紡がれるだけで、それは特別な呪文に変わる。

大きく喘いだルーチェは、背中を撫でられただけでビクビクと痙攣した。

何かがおかしいと思う。あまりに反応が過剰だ。

本当にシハに毒性はないのだろうか。シオンの言う通り中毒性は持たないと安心していて大丈夫なのか。

ルーチェの様子は、到底軽い酩酊とは思えない。これでは薬物依存も同然だ。

無意識なのか身体を擦り付けて来るルーチェの眼には、傷付いた色がある。だが苦悶に似た顔は、確かに欲情していた。

「……シオン！　そこにいるか」

「――はい。扉の外に」

落ち着き払った声が乱れそうになるフォリーの心に冷静さを取り戻させる。しがみ付いてくるルーチェを抱き返し、甘い匂いを吸い込んだ。心地好い香りだと思っていたそれが今は酷く不穏なものに思える。

「先に領地に戻り、今すぐシハについて調べろ。金銭ならばどれほどかかっても構わない」

「はい。暫くお傍を離れますが、どうぞお気をつけて」

シオンにシハを渡すため、ルーチェを一時的に引き離そうとした。だがその瞬間思わぬ力で絡みつかれる。

「いや……っ、行かないで……！」

「――大丈夫だよ、すぐ戻る」

潤む瞳はどこまで現実を認識しているのだろう。もしここにいるのが自分でなくとも、ルーチェは同じように求めるのだろうか。そう思うと堪らなく胸が軋む。

僅かに開いた扉の隙間からシハの包みをシオンに渡し寝台に戻れば、先ほどよりも余裕をなくしたルーチェが悶えていた。

「……苦しいの？」

「……っ、るし……助けて……フォリー……」

朦朧とした様子は、夢現の区別がついているようには到底見えない。

零れる涙が赤い頬を幾筋も流れ落ち、熱くなった身体はしっとり汗ばんでいる。色付いた肌は艶かしい。

暴れる心音が不安になるほどの早鐘を打つが、それ以上に速いルーチェの鼓動は異常と言うより他なかった。

「身体が……燃える……っ」

ルーチェの赤い舌が扇情的に動き、口の端から透明な雫が落ちた。

哀れめいて見えるのに欲を刺激される自分は、本当にどうしようもない。

僅かな衣擦れでさえ快楽を呼ぶのか、今やルーチェは小さく喘ぎ始めていた。

「……触っちゃ、駄目ぇ……っ」

言いながらも、縋り付いて来るのはルーチェ自身だ。

普段であればこんなに嬉しい場面はないけれど、一度生まれた疑問は黒い染みとなって胸中を侵食する。

ルーチェは病人より尚体温が上がった身体をくねらせ、知性の光を鈍らせた瞳で言葉とは裏腹の欲求を訴える。

「……ぅ、あ……んっ」

「……っ！」

はだけた素足がフォリーの脇腹を掠めた。

拙《つたな》い誘惑に、喉の渇きを覚える。

このまま、何もかも忘れて交じり合ってしまいたい。互いに快楽だけを追い求めて溺れていけたら、至極幸福に思える。

一日中睦み合い身分も過去も名前も捨てて、貪り尽くして消えてしまえたら。

立ち昇る魅惑的な香りが正常な思考回路を狂わせた。

だが同時に違うと心が叫ぶ。

欲しいのは変わり果てたルーチェじゃない。

それが、自分との関係上訪れた変化なら構わない。しかしこれは別の何かに歪められた結末だ。

「ルー……チェ！」

絡みつく身体を強引に引き離し寝台に横たわらせる。それには多大な理性が必要だったが、今彼女を抱いてはいけない気がして必死に冷静を心がけた。

「や……フォリー……」

見上げて来る潤んだ瞳に責められた気がした。

『助ケテクレナイノ？』と語る双眸《そうぼう》に。

「……っ、ルーチェ……」

あまり思い出したくはない過去だが、フォリーにも性的な薬を使用した経験がある。

言い訳すれば、自分の意思ではない。若くしてレヴァンヌ伯爵家を継いだフォリーに取り入るため、または女を使って籠絡するために一服盛られたのだ。

その度に自身の迂闊さを呪い撥ね退けてきたが、夜通しのたうつような苦しみで耐えた記憶がまざまざと甦る。

正直に言ってしまえば、発散させてしまえば簡単に楽になれたのだ。

けれど清らかなルーチェを想い、そんな事はできなかった。理性を奪われ、欲望のまま腰を振るなどまっぴらだ。そんな醜態を晒せば、二度と彼女の目の前に立つ資格を失ってしまう。

だからこそ、ルーチェの苦痛が理解できた。

本当はこんな淫らな行為に溺れたいはずはない。しかしそんな意思をも凌駕《りょうが》する炎に焼かれている。

それがどれだけ惨めで屈辱的な事か。

ましてフォリーはその懊悩をもたらした張本人だ。触れたくもないのが本音のはずで、こうして曲がりなりにも傍に留まってくれているのは奇跡に近い。

「……楽になりたい？」

耳元で囁けば、縋り付く事で回答を示された。

腕の中にすっぽり納まる小さな身体。女性としての丸みには欠けるけれど、これほどフォリーを昂《たか》ぶらせる人はいない。

ルーチェだけ。他には何も要らない。

「……罪は僕だけが背負うよ」

そんなもの、贖罪にさえなりはしないけれど。

どこかでこの状況を喜んでいる自分にはまず間違いなく楽園の扉は開かない。そこへ、ルーチェを道連れにするのか。

途端に泣きたい痛みに息が止まった。

やっぱり彼女は聖女なのかもしれない。こんなに汚れた自分を見捨てもせず、傍に留まってくれるのだから。けれどそれだけでは、満足できないのだ。

欲深い自分は心は勿論、時間も未来も命も手にしたい。一つ残らず奪い尽くして、いっそ我が身に取り込みたい。歪みきった思考は彼女に纏わりつき、やがて絞《し》め殺してしまうかもしれないと思った。

だがそれさえ幸せな結末の気がする。少なくとも、誰かに奪われる心配は減るのだから。

ゆっくり重なる影は、喜びよりも悲痛に満ちていた。


翌朝。

アビルダに見送られ宿を発った。昨晩のうちに出発していたシオンは既にいない。ここから先は完全に二人きりになるのかと思うと、僅かに緊張してしまう。

昨夜は無理をさせないようにルーチェの身体だけを気遣ったが、それでも少し気怠そうに見え心配になってしまう。

華奢な身体は他と比べても脆く、か弱そうだ。

顔を覗き込み、少なくともそこに昨晩のうかされた熱がない事を確認して安堵する。

淡い紫の瞳と視線が絡んだ瞬間、ルーチェは身体を強張らせた。その事に抉られる痛みを感じたが、自業自得だと自嘲する。

「行くよ。また馬車に乗って貰うけれど、辛くなったらすぐに教えて」

「うん……」

ルーチェの手が心細気にフォリーへ伸ばされたが、迷いを見せた末静かに下ろされたのが悲しい。せめてこんな時くらい、素直に頼って欲しかった。

「大丈夫。心配しないで」

耳元で囁き、辻馬車を捕まえられる大通りまで歩く。

強引に握った彼女の手は、微かに震えていた。それが不安感からのもので、自分に怯えているのではないと信じたい。

今朝は霧が深いせいか人通りは少なかった。普段であれば、朝の早い港街だ。早朝から賑わっているのが常なのだが、辺りは静寂が落ちている。

しっとりと肌に纏わりつく靄の中、影さえも白い澱に溶けてゆく。遠くに灯る街頭の明かりだけを目標に寄り添えば、世界に二人きりしか存在していない錯覚に陥った。

それは皮肉なまでに魅力的で眩暈がする。

今だけは頼れるのは互いのみ。

それが幻でも構わない。この時が永遠に続けば良いと半ば本気で思う。

薄明りの下でも分かるほど青褪めたルーチェが痛々しく、それを強いているのは自分だと理解していても握った手を離すつもりは毛頭なかった。

不意に荷物が重く感じるのは、あの赤い粉のせいだ。必要最低限しか持ち出してはいない上にたかが粉末なのだから、ずしりとした重みが気のせいでしかないのは理解している。

それでも陰鬱《いんうつ》に存在を主張する。

もしも今考えている通りシハが危険なものであるならば、自分を許せないかもしれない。

確かに最初は偶然から利用したに過ぎない。だが二度目は意識的に使用した。

心が重ならないが故に焦る気持ちが、身体だけでも繋がりたいと催淫の効果を以ってルーチェを縛り付ける意図があったのは否定できない事実だ。

それを振り払うために今後のことを考えた。後悔にのたうち自虐に溺れても何の解決にもならないので、取り敢えずは意識の外に追いやる。気にかかるのは勿論だが、それよりもまずはルーチェの身の安全を確保したい。

まだ追手の影は感じないがマリエスは油断のならない男だ。

あの男が島から出たのは確認したから確実だが、全面的な安心などできない。

フォリーの治める領地まではあと少し。

「ルーチェは、渡さない」

もしも捕まればどうなるのか考えるが、不快な答えにしか行き着かなかった。

フォリーに表立って危害は加えられないと思う。これでも国で一、二を争う有力貴族だ。

簡単に手出しはできない。

けれどルーチェは？

少なくとも二度と会う事は叶わないだろう。それどころか闇から闇へ葬り去られてしまう可能性が高い。

引き離されれば、一巻の終わり。粟立つ背筋を撫でるのは、妄想を糧に育つ恐怖。

汗ばみ始めた手を尚一層強く摑んだ。

震える細い指が微かに握り返してくれた事に泣きそうになる。

うたた寝していた御車を起こし馬車に乗り込めば、安堵から詰めていた息が漏れた。想像以上に緊張していたらしい。

少しでもルーチェが楽に過ごせるようにと整え敢えて隣に座る。まさか走る馬車から飛び出すとは思わないけれど、信用しきれない己が悲しい。それに、あまり外の風景を見て欲しくはない。

夜ではないから荒んだ空気は少ないけれど、道中は荒れた土地も在る。できるならば、ルーチェの眼からは遠ざけていたかった。

「寄りかかって良いよ。眠っても構わないから」

「ありがとう……」

そう言って素直に身体を預けて来るのが堪らなく愛おしい。警戒しながらも拒絶しきれないのは、無防備なのかこちらを気遣っているのか。募る恋情の半分でも彼女が同じ想いを返してくれたら……と埒《らち》もない考えが浮かんでは消えてゆく。身勝手過ぎて笑ってしまう。

「フォリー……？」

知らず、声に出ていたのだろう。不安げにルーチェがこちらを窺っていた。

「何でもないよ」

納得した訳ではないだろうが、何かを言いたげにしつつ瞳を伏せたルーチェはそのまま押し黙り、その後言葉を発する事はなくなった。

馬の足音と荒い息。絶え間ない振動。お互いの体温と鼓動。それだけが世界を構成する全て。もしも今、一緒に死ぬなら構わない。

せめてルーチェだけでも生かしたいと殊勝《しゅしょう》な考えを持てない自分は、罪を犯してなくとも楽園の扉はくぐれない。

その身を穢されても美しい魂のままの彼女は、変わらず天上に迎えられるに違いない。

別々の場所、時に別れが訪れれば、進む道は違えるに決まっている。

ならば、死後も逃がさないためには生死を共にしたい。そう願う自分はやはり狂っている。

本来は共に生きる道を画策するのが正しい形なのだろうが、最早どちらでも良いのだ。

傍らにルーチェさえいてくれるならば、生も死も同じ喜びを伴っている。

――同じ色に染まってしまえば良い。

変わらぬルーチェを求めながら、同時に自分の手で塗り潰してしまいたい衝動。凶暴で狂おしい獣が、常に檻を食い破らんと狙っている。

相反する欲求に引き裂かれ、想いはフォリー自身にさえ制御できなかった。


舗装路が途絶えた途端、揺れは激しさを増す。

「……きゃっ……」

よろめいたルーチェを支え、震える肩を抱いても拒まれなかった事に密かに安堵した。

むしろ信頼して委ねてくれている気がするのは、楽観的な希望に過ぎないのか。

次第に街が遠ざかり、辺りは木々に覆われ出す。霧もいっそう深くなった。速度が出せない事が幸いして、昨日よりはずっとルーチェの顔色が良い。

今や歩くのと大して変わらぬ速さではあるが、むしろ好都合と言えた。

「……辛くない？」

たった一言声をかけるのにもこんなに勇気が必要なんて、彼女は考えもしないだろう。

あんな酷い方法で繋ぎ止めておきながら、視線一つに怯えている意気地なしだ。

「平気よ。……それよりフォリーの方が……寝ていないでしょう？」

――ああ本当に清らかな貴女。

純粋な瞳が今は辛い。

上手く会話の接ぎ穂が見つけられず言い淀むと、馬の嘶《いなな》きとそれに呼応するように、遠くで甲高い獣の鳴き声が響いた。

「あ、あの声は何……？」

「夜行性の獣だ。大丈夫、人を襲う種類じゃない」

内心気まずさが薄れてほっとする。

プレジアの港街から少し離れた場所に在るこの森の中は入り組んでいて、地元民でもあまり近付きたがらない。けれどここで採取される薬草は良質だ。

港に通ううち、それに気付いて何株か持ち帰り領地で栽培も試している。お陰で母を失う原因になったあの憎き病の治療薬も完成させる事ができた。

この森は自分にとって希望の象徴。だから慣れ親しんでいる。けれどルーチェにとっては何も碌に見えない中での移動など不安以外の何物でもないのだろう。

ルーチェのうなじが艶めかしく映るのは、彼女が深く俯いているからだ。

一度大きく呼吸したルーチェは、決意を示すように拳を握り締めた。夜目にも分かるほど白く浮き出た骨の細さに吸い寄せられつつ、次に問われるだろう質問に準備する。ルーチェは決して馬鹿ではない。馬車から見た光景や、アビルダの宿での出来事から何かを察したに違いない。

つまり、信じて来たものの崩壊を。

傷付けたくはない。できれば真綿で包んで、彼女の信じる美しい世界だけ見せてあげられたら。

――けれど、ルーチェはそれを望まない気がした。

「ねぇ……リシュ教は人々を救うものではないの？」

許されるなら、避けて通ってしまいたい。いくつもの言い回しを考えたが、どれも結果的に意味は同じだ。

「信じていれば、皆が幸せになれるのよね？」

胸に突き刺さる問い。まだ心の準備ができていないのはルーチェではなく自分の方だ。真実が優しく正しいものとは限らないから。

「ルー……」

フォリーが口を開いたその時、先ほどとは違う揺れが馬車を襲った。

「……!?」

「きゃぁ……っ」

かろうじてルーチェを抱きとめたが、したたかに肩を打ち付けてしまった。すぐに状況を確認しようと御者を呼ぼうとしたが、掠れた御者の悲鳴がそれを遮る。

「うわぁ……っ、か、金なんて持っていないよ……!」

盗賊だ、と直感した。霧に紛れてこの馬車が襲われたらしい。

正直そこまで治安が悪いとは予想していなかった。いつの間にそこまで荒れていたのだろう。少なくとも暫く前まではそんな報告は入っていない。

驚きに眼を見張っていると乱暴に扉が開かれ、髭面の男が下卑た笑みを覗かせた。

「これはこれは……こんなみすぼらしい馬車に随分羽振りの良さそうなお客様が乗ってらっしゃる」

薄汚れた服を着た筋肉質の男達が五人、それぞれ獲物を手にして狩りをする興奮に眼をぎらつかせている。中でも最初に顔を見せた男の持つ剣からは真新しい血が滴っていた。

「……ひっ……」

真っ青になったルーチェを背後に庇《かば》い、男達を凝視する。

身体は大きいが、動きは鈍い。武器の持ち方一つ見ても特別な訓練を受けているとは思えず、戦闘に関して言うなら素人だと判じた。

「金が目的か？　残念だが大したものは持っていないぞ」

「よく言うぜ！　俺達よりはずっと良いもの着てやがる癖に！」

本気でかかれば全員倒すのも不可能ではない。けれど可能であれば、ルーチェの前で血生臭い争いなど避けたいに決まっている。それに僅かな危険にも彼女を晒したくはない。

「身包《ぐる》み剝がされるのは困るが、持ち金はこれが全部だ」

金貨の詰まった革袋を放ってやれば歓声を上げて男達は群がった。だが中身を検分していた一人が嫌な眼をこちらに向ける。正確にはルーチェへと。

「足りねぇなぁ……その女も寄越せよ」

「え……!?」

背後でびくりと震える身体。思わず舌打ちが漏れてしまった。

調子に乗らなければ見逃してやったものを。面倒だからもういっそ全員殺してしまおうか。

だが剣へと伸ばしかけた手を細い指が遮った。

「あ、あなた方どうしてこんな事を……!?　それにその血はまさか……どなたか怪我をされたのですか」

「はぁ？　何言ってんだこのお嬢ちゃんは」

「状況ってもんが分かってないんじゃないか？」

ゲラゲラと突き出た腹を揺する男がこれ見よがしに何かを引き摺る。戦利品を誇るように掲げて。

「見るな……ルーチェ！」

「……!!」

それは事切れた御者の遺体だった。虚ろな瞳が虚空を見詰め、切り裂かれた喉からは未だ鮮血が溢れ出ている。鉄錆の臭いが辺りに漂った。

ルーチェの眼を覆ったが一足遅く、彼女はそれをまともに見てしまった。その証拠に引き攣った表情のまま悲鳴さえ上げられないでいる。

「眼を閉じて……ルーチェ」

腕の中に抱えた身体は激しく震え強張っていた。腕をさすってやっても、まるで治まらない。乱れた呼吸も、受けた衝撃の大きさを物語っていた。

「多少頭が足りないようだが、顔は極上だ。少し太らせれば高く売れるに違いねぇ」

汚い手が伸ばされる。勿論ルーチェに触れる事など許す訳がない。それどころか視野に収める事さえ腹立たしいのに。

叩き斬ってやろうと身構えたけれど、想定外にも先に動いたのはルーチェ自身だった。

「何故こんな残酷な事を……貴方達にもご家族があるのでしょう？　命を徒《いたずら》に奪うなんて、リシュケル様がお許しにならないわ」

震えながらも毅然として言い放つ様は神々しくさえある。ただし、それは諸刃の剣だ。

「そのリシュケル様のお陰で、俺達はここまで堕ちちまったんだよ！」

唾を飛ばし叫ぶ男の顔には憤怒の色があった。他の男達も笑みを消してこちらを睨み付ける。

「こっちは今日を生きるのもカツカツだって言うのに、平気で搾取しやがる。あんなもの貴族や金持ちしか救わねぇ。なくなってくれた方が世のため人のためだろう」

「大事な家族とやらを奪ったのもリシュ教だ！」

「そうだ！　俺達は金を貯めていつかはあの取り澄ました神官共に復讐してやるんだよ!!」

不意に数年前に起こった戦争を思い出した。領地からは遠く離れた地で起こった争いだったためあまり気に留めなかったが、異教徒との小競り合いがあったはずだ。すぐに終息したし、さほど珍しい話でもないから情報自体少なかった。まさかその時の残党かと見やれば、確かにこの国の民族の特徴とは男達の容貌は少し異なる。

濃い眉にがっしりした体形、皆癖の強い黒髪を無造作に纏めている。肌は浅黒く、言葉にも訛《なま》りを感じた。

「南の……エルハラ出身者か」

「……何で知ってやがる」

男達の胡乱《うろん》な瞳が細められた。

あの頃、主に戦闘に駆り出されたのは、エルハラの民だったはず。国境付近の辺境の地だったから、首都までは火の手は届かなかった。

どんな経緯があったのかは知らないが、大方戦いに巻き込まれた者達が流れ流れて盗賊に身をやつしたのだろう。そしてこの地までやって来た。何よりルーチェを貶めたのが我慢ならない。

同情しないでもないが、それとこれとは話が別だ。

「まぁいい。とにかく一切合財置いて行きな。勿論女もだ。そうすりゃお前の命だけは助けてやるよ」

――限界だ。聞くに堪えない。

体温が下がるのを感じる。頭の中では冷静に斬り付ける順番を段取っていた。こちらの殺気が伝わったのか、男達も顔を引き締める。

「何だよ……やる気か？　この人数相手に勝てるとでも思っているのか？」

――ああ煩い。まずはあの男を黙らせようか。

剣の柄《つか》が手に馴染む。苛立ちは集中力へと変わっていた。

「駄目……！　どんな理由があっても、そんな事許されない……！」

「そうそう、穏便に済まそうぜ。男は金で命が買えるし、女は気持ち良い事するだけだから簡単な事だろう？」

男の目的が漸く理解できたのか、ルーチェの身体が如実に固まる。自身がそんな欲望に晒されるとは想像もしていなかったのかもしれない。

清流の中で生きて来た彼女には、剝き出しの悪意など衝撃が強過ぎた。だが震えながらも下がろうとはしない姿勢に気丈な痛ましさを見る。

「そうすれば……フォリーを傷付けないでくれますか」

「ルーチェ!?」

「聞き分けの良いお嬢ちゃんで助かるぜ。勿論約束は守ってやるよ。だから早くこっちに来な」

頷いて馬車を降りようとするルーチェを慌てて引き留める。

「大丈夫だ、こんな奴らすぐに片づける」

まさか自ら犠牲になるつもりか。そこまで自分の腕を信用していないのかと落胆したが、そんな場合ではないと気を引き締めた。

だが腕の中でルーチェはフルフルと頭を振った。

「違うの。――――フォリーが人を傷付けるところ……見たくない」

「……っ!!」

それは聖女故の自己犠牲かもしれない。だが大切だと言われている気がしてしまう。

急速に凶暴な嵐が収まるのを感じた。

「何をごちゃごちゃ話してやがる」

「……お前達、目先の欲よりももっと大きな利益を得たいとは思わないのか?」

苛立ちも顕わな男に向かい出した声は、我ながら平板なものだった。余計な感情を削ぎ落とした声音には、人を黙らせる力がある。

「何言ってやがる……？」

「まさかこんな生活を一生続けられるとは思っていないだろう？　ある程度落ち着いた暮らしがしたいのが本音じゃないのか」

笑みを浮かべてやれば、呑まれたように男達は立ち尽くした。

「何なら真っ当に生きられるよう手助けしてやっても良いぞ」

一度底辺まで堕ちれば、這い上がるのは並大抵の事ではない。それこそ死ぬまで――その子も孫もずっと蔑まれた一生を送る事になってしまう。それを男達も熟知しているのか、明らかに動揺を示し視線で会話し合った。

「適当な事を言って逃げるつもりだろう。お前みたいな若造に何ができるって言うんだ！」

そう毒づきつつも耳を傾けている辺り図星なのだろう。先ほどまでの勢いも影を潜めている。

「信用できないか？　ならこれをやる」

紐を通し胸に下げていた指輪を外し、男の一人に渡した。

「それを奪い去り金に換えてもお前達が暫く遊んで暮らせるくらいの価値はあるぞ。ただし、今僕達を無事逃がせば更なる金が手に入る機会をやろう。二度と犯罪に手を染めなくても良いくらいのな」

敢えて、売り払おうとしても無理だとは口にしなかった。恐らくこの国で売却しようとすればすぐに足がつく。

何故ならその指輪には紋章が刻まれている。我がレヴァンヌ家の双頭の鷲と蔦が――

「それ……フォリーのお母様がしてらした……」

そう。遺体を連れ帰る事もできなかった母の唯一の形見。あれ以来肌身離さず身につけている。かつて見た事があるルーチェは覚えていたのだろう。

数年振りに外した重みが、どこか心許ない。重量以上に自分にとって価値のあるものだ。

「そんな大切なもの……駄目っ！　返してください。フォリーにとっては宝物なの……!!」

「良いんだよ。ルーチェ以上に大切なものなんて一つもない。たかが物と比べるなんてできない」

確かに手放せば取り戻せない可能性も高い。けれど、構わないと本気で思った。

天秤にかける事自体馬鹿げている。自分にとって真実宝物は彼女だけなのだから。

「すげぇ……こんな立派な細工の指輪見た事ねぇよ……」

「おい、どうする……？」

眼の色を変えて囁き合う彼らは無防備にもこちらに背を向けた。今なら簡単に屠《ほふ》れると思うが、傍らのルーチェを想い、踏み止まる。

「騙されるなよ！　あんな奴の言う事なんか信じられるものか！」

だが、どこにでも物わかりの悪い輩は存在する。見逃してやるという意味さえ伝わらなかったらしい。するとそれもそうかと流され始める男が数人。あっという間に不穏な空気へと転がった。

諦めの息を吐き、最終手段を取るかと再び剣へ手を伸ばす。問題はどうやってルーチェの眼から逃れるかだ。可哀想だが、少しの間気を失って貰うしかないか。

覚悟を決めかけたその時――

「やめろ！　無駄な殺生はするなと散々言ったじゃねぇか！」

突然響いた野太い声は、殺気を漲《みなぎ》らせ始めた男達の背筋を正した。

「お、お頭《かしら》……」

「何度言ったら分かるんだ!?　女子供には手を出さねぇ、無抵抗な奴も殺さない。それがせめてもの誇りだと決めたじゃねぇかっ！」

後方から現れたのは、他の男達とは違う知性を漂わせていた。身形は同じようにみすぼらしいが、そこはかとなく品がある。

屈強な男達が新たに現れた男の一睨みで萎縮《いしゅく》し、直立不動して動向を窺っている。

「暴走しやがったのはお前か」

「そ、その……」

剣から血を滴らせていた男がしどろもどろに答える。直後、お頭と呼ばれた男の手で豪快に吹き飛ばされた。

「馬鹿野郎!!　最低限の決まりも守れねぇ奴は出ていけ!!」

顎を押さえてのたうつ男を足蹴にし、ふるった拳に息を吹きかけながら頭目《とうもく》らしき男はフォリーに向き直る。

鋭い視線がこちらを射抜き、値踏みする様に上から下へと往復した。

「……おい、さっきの話は本気か」

「お頭……！　そんな与太話を信じるんですか!?」

「煩ぇ！　黙っていろ！」

少しは話が通じそうな相手が出て来たとこちらも男を観察した。他の男達と比べて、戦うとなれば厄介だと思う。しかし今のところ相手にその気はなさそうに見える。だがまだ気は抜けない。

「勿論だ。悪くない取引だと思うが？」

じっと視線を注げば、同じだけの強さで見詰め返された。逸らせば負ける——そう思わせる眼力が突き刺さって来る。

どれくらいの時間そのまま探り合っただろうか。にやりと男が笑み崩れた瞬間、それまで息を止めていた事に気が付いた。

「面白ぇ。若いのに良い眼をしていやがる。俺はシルベルト。お前は？」

「フォリー・レヴァンヌ」

「貴族か……」

シルベルトがレヴァンヌの名を知っていた事に少なからず驚いた。やはり、ただのならず者という訳ではないらしい。

「戻るぞ、お前達。おい、ねぐらに帰ったら詳しく聞かせて貰うからな」

身を翻したシルベルトは倒れたままの男を担ぎ上げた。決して小さくはない身体を軽々と持ち上げている。そして事切れている御者に眼を遣ると、僅かに黙禱した。

「せめて埋めてやれ」

言い捨てて立ち去る背中を慌ただしく追いかける男達。二人の男が残って哀れな御者のために穴を掘り出した。

取引が成功したのだと理解するには時間を有した。ルーチェを守れた事と、新たな失望を抱かせなかった事に安堵する。腕の中にある温もりに感謝しながら。

やがてルーチェの震えが治まり身じろぐまで、二人きつく抱き合ったまま静止していた。

「……あの人のためにせめて祈ってあげなくちゃ……何の救いにもならないかもしれないけれど……」

「ああ……そうだね……」

涙を零しながらも、ルーチェは立ち上がった。文字通り、自らの力で。

優しく強いルーチェ。それは昔から変わらない。

頬を濡らしたまま、長い時間彼が埋められた場所で跪き手を合わせる。その姿はどこまでも清らかで、少しだけ切なくなる。

御者には可哀想な事をしたが、長居は無用だ。他にもああいうならず者が現れないとも限らないし、もたもたしていては教団からの追手に追いつかれる可能性もある。

「行こう、ルーチェ」

幸い無事だった馬車に彼女を乗せ、領地を目指した。

7　確かめあう、気持ち

「お待たせ致しました」

テーブルに置かれた白いカップからは品の良い香りが立ち上っていた。琥珀《こはく》色の液体が優雅に揺れ、鼻腔を擽る。

「本日はルーチェ様がお好きな果物のシロップ漬けをご用意致しました」

次々に並べられるのはタルトやパイ、ガレット、ブリオッシュ、マカロンなど。多彩で色鮮やかなそれらは可愛らしく盛り付けられ、目移りしてしまう。

「こ、こんなに食べ切れないわ」

「お好きなだけどうぞ」

ニコリと微笑み、年配のメイドは幾つかを皿に取り分けた。

ルーチェの世話をするのが嬉しくて堪らないというように、いつでも甲斐甲斐しく世話を焼いてくれる。

常識を知らないルーチェを軽んじるでも馬鹿にするでもなく、笑顔を絶やす事は無い。体型や雰囲気がアビルダに似ているせいか、最初からすぐに心を許せた。

名をエイラと言い、フォリーの乳母だった女性らしい。

「きっとお口に合うと思います。イチジクお好きですよね？」

フォリーの屋敷に来て以来、使用人達は皆ルーチェに良くしてくれる。突然現れた素姓のしれない女を訝しむ事もなく、温かく迎え入れてくれた。

それは、主の長年の想い人に対する敬意と親愛に満ちていた。

「ありがとう……」

穏やかな気候の中、バルコニーで楽しむお茶は解放感に満ちている。

陽当たりの良いそこには、時折可愛らしい小鳥の来客が来る。この日も美しい色をした番《つが》いの鳥が羽を休めていた。

チチ……という鳴き声が愛らしく、仲睦《むつ》まじい様も眼を楽しませてくれる。微笑ましくそれを見守り、焼き菓子の欠片を撒いてやった。

あの混乱から逃れ、フォリーの領地に辿り着いてから数日が過ぎていた。

かつてレヴァンヌ伯爵家が世話になった貴族の一人娘――それが現在のルーチェの肩書きだ。どんな手を使い作り上げられたものかは知らない。

今は没落し、たった一人残された哀れな令嬢をずっと想い続け、ついには念願叶って妻に迎えた若き伯爵――そんな美談が巷《ちまた》には流れているらしい。

以前メイドの一人が頬を赤らめ、憧憬《しょうけい》を滲ませながら教えてくれた談によれば、素敵な純愛物語は乙女の心を捉え離さないとの事だ。

フォリーの美しい容姿も相俟って噂話には事欠かないとか。「皆の憧れなんです」と語る彼女は可愛らしかった。

目の前に置かれた小さな焼き菓子を一つ食べる。

「とても、美味しいです」

甘い物など、島ではほとんど口にできなかった。それらは贅沢品であって、生きるのには必要の無い物だったから。

それがここでは毎日惜しみなく供される。少しでもルーチェが気に入る素振りを見せれば、翌日からは更に量が増えた。

勿体無いと言えば「では残りは孤児院へ寄付しようか」とフォリーが提案し、今では近くに在る育児院へ菓子を届けるのが日課となりつつある。

ただし、ルーチェ自身は外に出られない。フォリーがそれを許さないから。

バルコニーまでは見逃して貰えたが、それ以外は勝手に部屋を出る事さえままならない。不満が無いと言えば嘘になる。けれど、悪意故ではなくルーチェの身を案じているからだというのは理解出来たので、彼の言う通り大人しくしていた。

それにエイラが色々気遣ってくれるので、不自由は全く感じない。

日々は、穏やかに過ぎていた。

「あの……フォリーは？」

「執務中です。ちょっと屋敷を空けていた間に仕事が溜まってしまいましたからね。暫くはお忙しいでしょう」

それでも食事は一緒にとってくれている。その度に疲れた様子が見られたから、やはりと思った。なんだか申し訳ない気持ちでいっぱいになってしまう。

「ああ、落ち込まないでくださいな。そんなお顔をされては、フォリー様が心配なさいます。あの方にとって貴女の笑顔こそ力の源なのですから」

「エイラさんは……フォリーをよく知っているのですね」

「ええ。生まれた時から存じ上げております。亡くなられた奥様のお腹にいらっしゃる頃からね」

幼い頃の彼はどんな子供だったのだろう。ルーチェと出会った頃は傷付いた獣の様な危うさがあった。そして再会するまでに何を思い、感じて来たのか。

こちらを狂おしい程求める癖に、肝心な部分を見せてくれていない気がする。

「フォリー様は旦那様に厳しく育てられました。奥様は早くに亡くなられてしまって……寂しい幼少時だったと思いますよ。あの方が変わられたのは、その経験があったからでしょうね」

「変わった……のですか？」

ルーチェの『聞きたい』という気持ちが伝わったのか、エイラは苦く微笑んだ。

「それまでは聡い面はありましたが、子供らしさも持ち合わせていらしたのですよ。私の前で涙を流す事もありました。けれどあの悲劇に見舞われて……巡礼より戻った後は人が変わった様に笑わなくなってしまわれました……」

　当時を思い出したのだろう。エイラの眼にも光るものがあった。それをそっと拭い、軽く息を吐く。

「こちらが心配するほど今まで以上に学び、鍛え、まるで焦っている様にも見えましたよ。旦那様は奥様を亡くされた悲しみから立ち直れず、フォリー様を気遣う余裕も有りませんでしたし。無理をし過ぎて倒れられた事も一度や二度では無いのですよ」

　島での最後の日、花をくれた彼は微笑んでいた。優しい笑顔の印象が強いから、その後もきっと強く前を向いて生きてくれたと思っていたのに……

　あの少年が無表情に佇んでいる様を思い浮かべ、少なからず胸が痛くなる。

「フォリーは幸せではなかったの……？」

「一度、無茶を止めるよう懇願した事があります。使用人としては出過ぎた行為ですが、見るに見兼ねてしまって。その時の事は今もはっきり覚えています。あの方は数年振りに心よりの笑顔を見せて下さいました。そして仰ったのですよ。『迎えに行きたい人がいるから何も辛い事など無い』と……本心からの言葉に思えました。そこまで人を愛せるのは素晴らしい事です。そしてまさにその相手が傍に居てくれる今は、幸せ以外何ものでもないでしょう」

　慈愛の籠った瞳で見詰められ、その『相手』が自分の事だと気付く。

「私は……っ」

「ルーチェ様、どうぞフォリー様を支えてあげてください。貴女が隣にいらっしゃるだけで、あの方は生きる意味を見出せるのだと思います」

強く握られた手を振り払うなど出来無い。愛情だけを湛えた瞳は真っ直ぐにこちらへ注がれる。

強く深い想いに触れて心が揺さ振られ、真摯な熱が手の平から伝わって来る。重い、と言うのとも違う必死さがひしひしと感じられ、言葉に詰まった。その眼の中に浮かぶのは無償のもの。

今迄沢山の願いを見て来た筈なのに、これ程真剣な切望を聞いた事が無い。それも自身に関するものではないなんて。

かつての自分は曖昧に微笑んでさえいれば良かった。そうすればそれぞれが望む答えを勝手に見付け、納得して帰って行く。マリエスもそうすべきだと教えてくれ、疑問など持つ必要もなかった。

考えるよりも求められたのは、ひたすらに聖堂に籠りリシュケルへ跪く事。そこに在り続け慈愛の笑みを忘れぬ事。

なのに今はそんな方法は求められておらず、強張った頬は意思に反してピクリとも動いてはくれない。耳心地が好いだけのその場凌ぎの言葉など請われてはいないから。

結局、何も告げられぬまま重ねられたエイラの手をじっと見詰める事しか出来なかった。

ただ、一番深い場所からざわめくのを感じる。鍵を掛けて沈めたはずの箱が開く音を確かに聞いた。

「今夜はフォリー様は忙しく、どうしてもお食事は一緒に取れないとの事です。申し訳ありませんが、どうぞルーチェ様お一人で召し上がって頂けますか？」

「え……」

告げられたエイラの言葉に間の抜けた声を出してしまった。これまではどんなに慌ただしくとも、必ず食卓には共に着いてくれていたのに。

だが不満を漏らしても仕方ない。フォリーが多忙なのは重々承知している。そう思いつつも、広い部屋にポツリと残され心細さが募ってしまった。

大きな卓には豪華な食事が湯気を放って並べられている。そのどれもが良い匂いで美味しそうだ。肉や魚を食べないルーチェのために用意された野菜と果物から作られた内容は、一歩間違えれば味気ないものになりがちだが、毎日料理人が趣向を凝らしてくれるお陰で飽きる事もない。

けれど、食欲は全く湧かなかった。

一人きりの食事など島で慣れていたはずなのに、急に無味乾燥なものに思える。今までは栄養を取れれば良かっただけの行為が、フォリーと共にするようになってから別の意味ができた気がする。

会話のある無しに拘らず、他者の気配というのは気持ちを甘く包み込んでくれるものだと知った。

「あの、待ちます。私……遅くなっても構いませんから」

「ですが、深夜までかかる可能性もありますよ？」

エイラの僅かに寄せられた眉に、ひょっとしたら迷惑になってしまうのかと不安になった。よく考えれば、給仕してくれる者も仕事が終わらないという事になってしまうのだろうか。

しかしフォリーが食べられないのに、自分だけがというのも心苦しい。とはいえ残すのは申し訳ない……とぐるぐる思い悩んだ末、最終的にはほんの少し口に運んだだけでやめてしまった。

作ってくれた者にはごめんなさいと謝罪したが、それ以上どうしても喉を通らない。

無理をして飲み込もうとするのをやんわりエイラに止められ、憂鬱な気分のまま重い足を引き摺って部屋に戻った。

ルーチェの自室としてあてがわれた部屋は、落ち着いた配色で纏められ、居心地が良い。設《しつら》えられた装飾は華美でなく、品良く気持ちを和ませてくれる。

エイラがこっそり教えてくれたのだが、それらは全てフォリーの指示により選ばれたものらしい。もう何年も前から準備され、用意されていたのだと。

島での凍えるような寒さに慣れていたルーチェにとっては、毛足の長い絨毯や適温に保たれた室温は驚きだったし、ありがたい事だと思う。だが同時に、とても複雑な気分になった。

全ての人々が恵まれた生活を送っていないのはここに来るまでの道のりで身に染みて理解した。人が完全に平等でない事も。

今まで、分かっているつもりだっただけ。

そんなもの所詮上《うわ》っ面《つら》の知識に過ぎず、空っぽのはりぼてだった。

巡礼に訪れる者は皆立派な身なりをし、肌の色艶も良い。男であればでっぷりと太り、女であれば美しくある事が至上命題という者達ばかり。あり余る富を持ち、それでも足りぬと上を目指す人達がルーチェへ縋って来ていた。それが普通なのだと思っていた。

自分が務めを果たしてさえいれば、皆がその生活水準を保てるのだと勘違いしていたのだから。

どうしようもなく無知で浅はか。

狭い世界で目に映るものだけが全てと信じ、本当は大多数の人が困窮しているなど考えてもみなかった。

それなのに何もしていない自分がこんなに満たされてしまっている。鈍い罪悪感がしこりとなって沈んでいく。

フォリーの寝室は部屋の奥にある扉を隔てた隣にあった。

一度廊下に出なくとも行き来ができる造りで、本来であれば夫婦が使うものらしい。

だが、彼がその扉を開く事はない。少なくとも、ルーチェが起きている時間帯には。

家人の誰もが寝静まった頃、静寂を壊さぬよう最大限の注意を払いながら彼はこの部屋を訪れる。眠るルーチェの顔を見るためだけに。

気付いたのは偶然だ。

この先の不安ややりきれなさで眠れず、それでもじっと横になっていたある夜、扉の開く音がした時には、正直身体が強張り呼吸が止まった。

また、あの淫らな世界へ連れ去られるのかと。まだ心の整理も覚悟も抱けない自分には、彼の希望を叶えてやる事は難しい。何より、求めてしまいそうになる己自身が恐ろしかった。

けれど必死に眠った振りをして逃れようとした頬に触れたのは、震える指。

まるで壊れものに触るように優しく、丁寧に。

髪を撫でられ、瞼には唇の感触が落とされる。何度も。何度も。

――吐息に炙られた自分の肌が色付いたのを気付かれませんように。

しかしそれ以上何をされるでもなく、気配は遠退いていった。微かな熱を残して。

相手が誰かなど目を開かなくても分かる。この数日で慣れ親しんだ香りと体温だったから。

彼が去った後には再び静寂だけが残され、夜の闇が一層胸に迫る思いがする。

開いた瞳には暗闇に横たわる家具しか映らず、昼間は温かく包み込んでくれる彼らも、今は見知らぬ顔で眠りについている。

寂しい、と感じるのは自分がおかしいのか。いったい何を期待していたのだろう。

それも曖昧に溶けてしまって分からない。けれどいつの間にか深夜の訪れが心地好くてフォリーを待ち望むようになっていた。

——今夜もまた、彼は来るだろうか。

答えは求めるまでもない。きっと、同じように言葉もなく指先の温もりだけを残して去っていくのだと思う。

けれど今日、それを待つつもりはルーチェになかった。

前に進みたいのなら、自ら考え行動しなければならない。もう今までのように明示される解答を待つだけでは駄目なのだ。そうでなければここにいる意味もない。

逃げ続けられる期間は終わった。

覚悟を決め立ち上がり、初めて自分から扉に手をかける。真実を自らの目で見て判断するために。

「……ルーチェ？」

見事な細工を施された扉を押し開くと、まだ夜着にも着替えていなかったフォリーは驚いた顔で振り返った。

寝室にまで持ち込まれた机に向かい、仕事が完全に終わっていなかったのか、数枚の書類を手にしている。

「どうしたの？　こんな時間に……眠れないの？」

目の下には隈《くま》があり、顔色も悪い。疲れきった姿を目にして、少しだけ威を削がれた。

けれど、なけなしの勇気を掻き集め言葉にする。

「いいえ……教えて欲しい事があるから、待っていたの。今、良い？　忙しいなら……」

声は震えなかったと思う。

背筋を伸ばし、決意を込めてフォリーを見詰めた。

「……そう。良いよ、座って。何か飲み物を持ってこさせようか？」

「いいえ、要らないわ」

もうメイドも休んでいる。手を煩わせたくはないし、何より他の者には聞かれたくない。

促されるままソファーに腰掛け、大きく息を吸った。向かいに座ったフォリーは僅かに緊張して見える。そしてとても苦しそうにも。

きっかけを探しながら、幾度も手を握り深呼吸した。お互い押し黙ったままではいつまで経っても終わらない。煩い鼓動を鎮めるために大きく息を吸い、無意識に胸の前で組んでいた手をゆっくり解いた。

今は縋らない。何ものにも。

ぐ、とお腹に力を入れ、ルーチェは口火を切った。

「……教えて、フォリー。私はいったい何のためにいるの」

もう誤魔化しや嘘は聞きたくない。そんな意思を込めた視線をフォリーは受け止めてくれている。それに勇気付けられ、言葉を繋いだ。

「私がいても、いなくても……世界は変わらないわ。むしろ人々の暮らしは苦しいものになっているのではないの？　私の祈りなんて、何の役にも立っていなかったのよ……！」

溢れ出る濁った感情。吐き出さなければ、自分が溺れてしまう。

膝の上で握り締めた手は真っ白になっていた。手の平に爪が食い込むのが分かったが、肉体的な痛みなんて感じない。あるのは心の痛みだけだ。

「疑いたくないの、信じていたいのよ。だけど、それだけじゃ説明できない事が多過ぎるの……！　フォリーは知っていたのでしょう？　世界には理不尽な事が蔓延《まんえん》しているって。それらは理想からほど遠いところにあって、しかも増え続けている……困窮は人の心を捻《ね》じ曲げて、更なる悲劇を生むんだわ。救わねばならない立場のはずが苦しみを助長するなんて……何故教えてくれなかったの……」

最早何が言いたいのか自分でも分からない。ただ渦巻く澱《よど》みを何とかしたかった。

答えを教えてと駄々を捏ねているのと変わらない。そんな子供じみた態度に向けられたのは、落ち着き払った冷静な声だった。

「知ったら、ルーチェが傷付くでしょう？」

「だから隠したの……？　――――そうね、凄くショックだった……でも、知らないままではいけなかったのよ。私はもっと……直接目を向けるべきだったんだわ」

思えば、考える事も放棄していた気がする。周囲に言われるがまま、飾りに成り下がったのは己自身だ。知らなかったでは済まされない事なのに。

漸く辿り着いた答えに涙が零れた。

「教団は、人を救うものではなくなってしまったのね」

信じていたものが失われる。足もとが崩れ去る恐怖に脚が竦んだ。

「……あそこは随分昔から、拝金主義に成り下がった。聖女でさえ、そのための道具でしかない。もう高い志を持って人々を導こうという者はいないかもしれない」

心が受け入れを拒絶する。そんな事はない、と主張したいのに嘘臭く感じてしまう。少なくともマリエスは違うはずだ。彼はいつでも清廉な空気を纏っていた。

けれどそれ以外は？　と問われれば、たちまち返答に詰まってしまう。

「貧しい者、手助けが必要な者を置き去りにして、ひたすら自らや裕福な者を更に肥やす事に夢中になっている。その過程で犠牲になるものがあってもお構い無しだ。怨みつらみは力でねじ伏せ、根こそぎ奪う事で反抗の意思を削ぐ」

それでも首都はマシなのだとフォリーは語った。

地方に行けば、その傾向は更に強まる。碌に神殿すら設けず神官も派遣しない癖に、しっかりと義務は要求する。年々寄付という名の徴収金額は上がり、民は疲弊する一方なのだと。

「納める金額によって死後の扱いが変わるなんておかしいじゃないか。清く正しく生きても捨て置かれる者の傍で、私利私欲のために他者を蹴落として来た者が楽園に迎えられるなんて、絶対間違っている。そして戦争や貧困で親を失った子、事情により育てるのが困難になった子供を聖女として連れ去り、劣悪な環境に置いて傀儡《くぐつ》に仕立てる。人々の業を贖う存在と言えば聞こえは良いが、実際には生贄と変わらない。その影で享楽の限りを尽くす神官とは、本当に必要なものだと思う？　大きな力を持ち過ぎて、今や王族でさえ彼等の顔色を窺っている」

長い長い間、何代もの少女がその身をリシュケル様に捧げて来た。顔も知らない先人達。名前も家族も全て奪われ、意思を持つ事も禁じられて。ただ、死ぬためだけに。

「……私は、皆を苦しめる……歯車の一つでしかなかったのね……」

「……真実を告げなかった僕を恨む？」

静かに響く声が耳に優しく流れ込んだ。記憶にあるものよりずっと低くて、でも感情を押し殺そうとする癖が変わらない。

懐かしいのに、別の人。

「……そんな事、しない。できない」

「どうして？　貴女を奪って穢して……騙していた男だよ。そして今、最後の希望も砕いてしまった」

「そうかもしれない。でも、私を守ろうとしてくれたのでしょう……？　この前だって

……」

あの指輪がどれほど大切なものか、分からないはずがない。目の前で亡くしてしまっ

た彼の母親が唯一残してくれたもの。かけがえのない宝物に決まっている。それなのに、あっさりと手放してしまった。

きっとフォリー一人なら簡単に逃げられたのだ。もしくは自分の言う事など気にせず、あの男達を斬り捨てるのも可能だったのかもしれない。

それなのに彼が取った行動は、母の形見を犠牲にする事。全てはルーチェのためだけに。けれど彼は恩を売ることも、恨み言を述べることもしない。その根源に存在するものに戸惑ってしまう。

「あの時も言ったけれど、ルーチェ以上に大切なものなんてないから、惜しいとは思わないよ」

「何故……私なの？　私には……そんな……」

価値なんてない。何もできない。何も知らない。無力でちっぽけな存在だ。聖女という鍍金《めっき》が剝がれた今、何一つ残されてはいないのに。

けれどフォリーはまっすぐこちらを見た。

「誰かを愛するのに理由なんかないんだよ。それは義務でも役目でもない。意思とは関係なく落ちるもので、喜びと苦痛に満ちている」

「苦痛……なの？　なら、どうして」

「その痛みさえ、幸福だから」

淡く微笑んだ顔は強がりなどではなく、本当にそう思っているかのように穏やかだった。

赤い瞳が優しく細められる。

「ルーチェが好きだよ。他の何ものとも比べられないくらい、愛おしくて堪らない。貴女の事を考えるとこの胸は軋む音を立てるけれど、考えないという選択肢はあり得ないんだ。苦しみのない事が幸せとは限らない。刹那の歓びで世界は如何《いか》ようにも色付くのだから」

一言、一言嚙み締めるように大切に紡がれる。その間、一度たりとも視線は逸らされなかった。絡め取られたのか瞬きすら憚られ、息もできずに見詰め返す。

「この想いのほんの一部でも……ルーチェが返してくれたらと願わない日はないよ」

「……っ、フォリーは大切な人よ。それは間違いないの。でも、でも私は……っ、」

苦痛を覚悟してまで焦がれるのはどんな感情なのか、まだ理解できない。

いや、違う――『理解したくない』のだ。だって――

「僕だけじゃ駄目？　一生大切にする。貴女だけを見詰めて愛し続けるよ」

「特別……は怖いの。もしその唯一を失ってしまったらどうなるの？　愛情は誰か一人に傾けて良いものではないのでしょう？」

物心つく前から植え付けられた価値観が根底に根強く蔓延《はびこ》っている。そこから外れるものは、遍《あまね》く『悪』だ。

長い間常識として浸かっていたものを今更捨てろと言われても難しい。信じていたものが虚構に満ちていたと知った今でも、簡単には割り切れない。

「聞いて、ルーチェ。一生大切にするし、これから先泣かせたりしない。貴女のためにだけ生きるよ。この命はルーチェに救って貰ったものだから、好きにして良いんだ」

「同じじゃ駄目なの……？　皆を愛しているではいけないの？　どうして誰か一人を選ばなければならないの？」

言葉の海は深過ぎて、自分が吐き出したものにさえ溺れそうになる。対岸の灯りは見えないのに、フォリーの瞳を見ていると不思議と恐怖心が薄まるのは何故なのか。

時に強引に、時に包み込むように、導いてくれる燃える光に引き寄せられる。

「愛しているから。それだけじゃ足りないんだ」

「そんなの……強欲の罪だわ……」

焼き尽くされてしまいそうでも、近くで見たくなる。引き込まれて囚われてしまいたいと願うのは、紛れもない自分自身。たとえそれがどれほど罪深い事だとしても。

だからこそ距離を置きたいと願ったのかもしれない。

「愛を請う事が？　それじゃ、リシュケルも罪深い事になる」

「リシュケル様は違うわ！」

冷えた声で断じられ、反射的に反論していた。自分にとっては、世界の中心と言うべき存在。その教えに間違いなどあるはずもない。

いくら教団に不信感を抱いたとしても、それとこれとは話が別だ。心はまだ彼《か》の神に囚われていた。

「何故？　愛される事を当然と求めているのは、誰より神自身だと思わない？　それさえなければ、教団だって存在しなかった」

「お願い。酷い事言わないで……」

透明の雫が薄紫色の瞳に盛り上がった。視界が歪み、全ての形を曖昧にする。

「怒る？　良いよ、もっと気持ちを乱して。当たり前の人間のように、正直に表現して良いんだ」

まるでわざと怒らせようと挑発しているようだと思った。敢えて酷い台詞をぶつけ、こちらを揺さぶろうとしているみたいに。

それを証明するのは、意地悪く言葉を重ねながらも瞳の奥が優しく凪いでいる事だ。

――何度考えても、フォリーを恨む気持ちにはなれない。

聖女だからとかそんな理由ではなく、彼にならば何をされても許してしまう気がする。

実際これが別の誰かなら、今同じように傍に留まっていられるか分からない。

涙の幕の向こうで、不意に苦しそうにフォリーの顔が歪んだ。

「あんな酷い事をしておいて今更だけれど、ルーチェを救いたかった。一緒にいて欲しかった。最初は……本当にそれだけだったんだ……っ」

決壊するように吐露されたフォリーの心情は、自然にルーチェの心へ染み込んだ。

彼の垂れた頭は謝罪の形に似ている。でも滲んだ涙を隠すためだと知っていた。

胸の奥に、ポツリと灯る光がある。――いや、本当は初めからそこにあった。ただ、見えない振りをしていただけ。

「フォリーは……私といると幸せになれるの？」

「ルーチェがいないと不幸にしかなれない。僕の全ては貴女に繋がっている」

誰一人救う事もできなかった不完全な身であるのに、必要だと全身全霊で求められ眩暈がするほど嬉しかった。強く求められる喜びが奥底から湧き上がる。

かけがえのない唯一の存在として請われる度、眼を逸らし続けた願望が首をもたげるのが分かる。

——誰かに『聖女』ではなく『ルーチェ』として必要とされたかった。

替えのきく存在ではなく、自分だけを見て欲しかった。

——誰かを、愛したかった。でも誰でも良い訳ではなくて——

フォリーにただの女の子としてついて行きたかった。

そう願ったからこそ、思い出は鍵をかけて沈めねばならなかったのだ。輝いているが故に、哀しみを呼び起こすから。

「謝罪なら、一生をかけて償い続けるよ。だからどうか、傍にいて。何より、ルーチェにも幸せになる権利があると知って欲しい。強請って、求めて良いんだよ。貪欲になったって構わないんだ。それが人として自然な形なんだから」

フォリーはいつも欲しい言葉をくれる。自分でさえ気付かない望みを叶えようとしてくれる。

彼の一挙手一投足を食い入るように見詰めた。ただの一つも見逃さぬために。綺麗で強くて弱い人。勿体なくて瞬きなんてできない。

逡巡を示す双眸は常以上に赤く色付き、微かに怯えが混じっている。

手を伸ばせば届く距離なのに、臆病過ぎて互いに視線だけを絡め合う。

「手助けをさせてくれないか。貴女が少しでも幸福を感じられるように……今、それを奪っているのは僕自身だけれど、いつか必ず良かったと思わせてみせるから。それまで、傍にいる許しが欲しい。誰かの犠牲の上にしか成り立たない安定なんて、きっと間違っている。ルーチェの本当の望みは何？　聖女でいる事？　違うでしょう」

「……私ね……自分が誰のために祈っているのかも分かっていなかったわ。相手の顔を想像した事さえなかったの。そんな安っぽい願いが届く訳ないのにね……」

していたのはただの義務。そこに心を込めてはいても、切実ではなかった。

何も考えず、行動せず。

それは生きているとは到底言えない。ただのお人形。

昔はもう少し違った。いつからこんなにも雁字搦《がんじがら》めに身動きできなくなったのか。しなく、なったのか。

「それならこれからは、できる事から始めてみない？　孤児の保護や病人の世話……やれる事は沢山ある」

喉が震えた。それこそが、やりたい事だと心が叫ぶ。理解してくれる人がいるという事がなんて心強い。

「……私にもできる事があるかな？　まだ間に合うのかな？」

「遅過ぎるなんて事はない。一緒に頑張らせて。だから……僕の横で生きて欲しい」

立ち上がったフォリーがたった数歩の距離をゆっくり近付いて来る。一歩毎に激しい葛藤が窺え、いつしかこちらも腰を上げていた。

向かい合って互いだけを視界に宿せば、あらゆるものが消え失せる。

あれほど重ね合った言葉が無意味に思えるほど雄弁な彼の瞳の奥に、望む答えを探す。

触れたいという欲求が溢れ出し、もう我慢できなかった。

もしもこれが罪だと言うなら、それでも構わない。これ以上嘘はつけないから。

「本当の事を言っても良い？　私ね……フォリーと一緒にいたい。……ずっとそう思っていたのよ。教団もリシュケル様もなければ、ついて行けたのにって……あの時考えていたの。それが、怖かった……」

「ルーチェ……本当に？　僕は都合よく解釈してしまっている？」

あと半歩で届くのに、震えるフォリーの指が落ち着く場所を求めてさ迷う。待つのはやめて、こちらから踏み出した。彼の右手を両手で包み込んでそのまま自分の頬に当てる。心地好い温もりが重ねた手の平から伝わり、目を閉じた。

不安気にこちらを窺うフォリーがおかしい。まだ何の準備もできないうちに強引に攫ったのは彼のほうなのに。渦巻く嵐で翻弄し、囲っていた壁を容赦なく破壊し尽くして、ルーチェを外の世界へと連れ出した癖に。

見上げて微笑めば、行き場を失っていた彼の左腕が背中に回されたのが分かった。最初は戸惑いながら。けれど次第に強く。服の端を申し訳程度に摑んでいたものが触れる範囲を広げてゆき、呼吸が重なる。

温もりを分け合い、初めて気持ちが通じた気がした。

愛おしいと全身が叫んでいる。それは苦しくて堪らないのに……たとえようもなく幸福だった。

「フォリー……私……、この気持ちを知られたくなかった。認めてしまえば……自分が何の価値も持たなくなってしまうようで……」

ただの女になったら、誰にも必要として貰えない。そう思い込んでいたから。

「ルーチェ……、価値なら、あるよ。貴女がいてくれるだけで、僕にとってこの世は生きているに値する。僕が望むのは、ルーチェが笑ったり、本当の感情を見せてくれる事だから」

「命に差をつけてしまうような私でも？　馬車が襲われた時……亡くなった方には申し訳ないけれど、犠牲になったのがフォリーじゃなくて良かったと思ってしまったのよ。こんな身勝手で汚ない私でも、そう思ってくれるの？」

事切れた御者を目にしたとき、確かに悲しかった。それでも、血塗《まみ》れで横たわるのがフォリーではない事に感謝さえしていた。あの瞬間、命は平等なんかではなく、明確な優先順位が設けられていた。

今更ながらその事実を受け入れる。取り繕うものがなくなり、隠す事はできなかった。

「それなら、ルーチェがそう思ってくれたのを嬉しいと感じる僕は、もっと罪深い」

共に堕ちるとしたら、フォリーとが良い。

誰も許してくれなくても構わない。欲望に素直になっても良いのなら、彼が欲しいと叫びたい。たとえふしだらな女と後ろ指をさされたとしても。

「無理矢理……貴女を抱いて以来、こんなに長く話せたのは初めてだね。罪悪感でまともにルーチェの顔を見る勇気も持てなかったんだ。嫌われて怯えられるのは当然だと覚悟してても、実際その色を見つけるのが怖かった。情けない……」

「私も……『本当の自分』を暴かれるのが怖かった」

苦く微笑むフォリーに抱きしめられたまま一緒にソファーへ腰を下ろした。密着する身体と同じ高さになった目線が嬉しい。

「……ルーチェは華奢過ぎて、僕が力を込めたら簡単に折れてしまいそうだよね。信じられない位小さくて儚い……だけど僕は心のどこかで恐れを抱いていたんだ。絶対に追い付けない遠い人だと焦り、形ばかり手に入れようと躍起になっていた気がする。こんな事では弟としか思われなくて当然だよ……」

「流石にもう……弟、とは思えないよ」

いくら世間知らずでも、姉弟であんな行為に耽《ふけ》らないのは理解した。

フォリーはルーチェが築いた枠を強制的に飛び越えてしまった。何度も刻まれた快楽は、彼を一人の男性として意識させるのに充分過ぎる。

「ふふ……意識してなかったけれど、そういう意図もあったのかな。ちゃんと男として見て貰えるように。ルーチェに再会して以来、ずっと抑えきれなかった獣がいたんだ。普段は檻の中で眠っているのに、貴女を想うと狂ったように暴れ出す。今はそれが静まってゆくのを感じる……満たされた事がこんなにも気持ちに余裕をもたらすなんて知らなかった……だからもう身体だけ繋げたいとは思わない。心が伴うまでいつまでも待てるよ。

――本当にごめん……」

髪を撫でる手が、まだ少し震えている。縺《もつ》れた毛先を丁寧に解されるうちに、内面の蟠《わだかま》りも綻ぶ気がする。

「本当に悪いと思っている？」

「勿論。どんな償いもするよ。僕から離れるって事以外なら、だけど」

「それなら……ちゃんと愛して欲しい。いつもは熱にうかされて色んな事が分からなくなってしまうけど、今は頭の中がすっきりしているの。だから……」

きちんとフォリーを感じられる。役目も不安も忘れて、彼だけを。

ひゅ……と息を呑む音が聞こえた。信じられないと眼を見開く彼がいる。堪らなく恥ずかしくなってルーチェはフォリーの胸へ顔を埋めた。

「淫らな女だと思う……？　軽蔑する……？」

「まさか……驚いただけだよ。とても、嬉しい」

熱くなった顔を上向かせられ、啄《ついば》むような口づけを落とされる。

その合間にこちらの反応を窺う視線が注がれていた。

「フォリー……？」

「……情けないな……心臓が破裂しそうだ」

どうして？　と視線で問えば、恥ずかしげに眼を伏せられた。

「だって、シハに酔っていない貴女を抱くのは初めてだから。緊張する」

——ああ、そういえば。

改めて指摘されると気恥ずかしい。今まではどんな痴態もシハによるものだと言い訳できた。あの不思議な赤い粉は理性を奪い取って感覚と欲望を剝き出しにさせる。

だが今回はそうはいかない。ルーチェは自分の意思で、感情でフォリーを求めているのだ。

快楽が欲しいのではなく、フォリー自身が欲しい。

「ぎゅ……って、して欲しい」

「うん……何だろう、とても良い匂いがする……これがルーチェ本来の香りなんだね。優しくて甘い……ずっと嗅いでいたいくらい心地好い」

すん、と鼻を鳴らされ首筋辺りに呼気を感じる。どうしようもなく擽ったく、居た堪れない。

アビルダの宿以来シハを飲んではいない。つまりは身体も重ねてはいなかった。

「嫌……、恥ずかしい」

形を確かめるかのごとく、フォリーの手がゆっくりと身体の線を辿った。肩から腰へ。そして再び上へと向かう。

その間に何度も唇を食《は》まれた。

競争するように互いに口づけを奪い合い舌を絡めれば、濡れた音が耳を侵《おか》し、鼓動が速まる。

上顎や歯列を丁寧に辿られ、自然息が乱れるのを抑えきれず、上目遣いで抗議した。焦点が合わない距離で覗く互いの瞳には己自身しか映っていない。その事にとても満たされる。

フォリーとする口づけは好きだ。

気持ちが良いし、何より幸せな気分になる。

けれど時折、呼吸もままならないほど貪られるのは勘弁して欲しい。夢中になり過ぎた彼は、息を継ぐ隙さえ与えてくれない。

「……初めてルーチェ自身を抱いている気がする……」

「私も……今までよりフォリーを近くに感じる」

身体の熱が高まるのはいつもと変わらない。欲求が後から後から湧いて来るのも。

だが、それは強制的に引き摺り出されたものではない。ルーチェの中から自然と生まれたものだ。

もっと欲しいと強請る飢えを満たされてゆく感覚が、堪らなく幸せだった。

ひたすら隙間なく抱き合ったまま、体温を分かち合い存在を確かめる。するとこれまで気付かなかった事が幾つか分かった。

一つはフォリーの赤い虹彩《こうさい》は茶の色味も帯びている事。長い睫毛が作る陰影は大人びた艶を孕んでいる。

また、手には細かな傷が薄く残されていた。だがそれは彼の美しさを損なうものではなく、むしろ魅力を強調してさえいる。

ただ綺麗なだけの作り物ではなく、生命感溢れる一人の男性――目の前にいるのは『唯一』の人。

触れた場所から幸福感が湧き上がる。それなのに足りなくて、きつくしがみ付いた。

どんどん欲張りになる自分が恐ろしい。きっと、満足なんてあり得ないのだ。フォリーに対してだけ、自分は際限なく貪欲になる。それもこれも、彼が許してくれるから。

たくし上げられた裾から侵入したフォリーの手が太腿を撫でた。その、産毛に触れる程度の感触がもどかしい。

自ら腰を浮かせて強請るのは浅ましいだろうか。反応を確かめたくて視線を上げれば、薄っすら頬を上気させたフォリーがいた。

彼も同じものを求めているのだと分かり、安心する。

滑らかな生地で作られた夜着は、前で結ばれたリボンを解けば簡単に肩から滑り落とされてしまう。申し訳程度に引っ掛けただけの服が、裸よりも恥ずかしい。早々に奪われたせいで下着さえ既に身に付けていない。しかもフォリーは未だ少しも着崩れてはいないから尚更だ。

「ず、狡い。私だけ、こんな……フォリーも……」

脱いで欲しいとは流石に言い難い。言葉を濁し上目遣いで見詰めれば、妖しく潤んだ瞳とぶつかった。

「それは……反則だよ、ルーチェ」

「え？　……んっぅ……!?」

突然荒々しく唇を塞がれ、驚きから身を引こうとした。だが、しっかりと腰を抱き寄せられ叶わない。それどころか、そのままソファーへと押し倒された。

「……あの、ここで……？」

「嫌……？　余裕……ない」

嫌な訳ではない。でも慣れないせいで戸惑ってしまう。

寝台までは僅かな距離だ。時間にすれば何秒もない。

それなのにその間さえ惜しいとフォリーは言う。焦げるような渇望に胸が震え、求められる喜びに眩暈がした。

答える代わりに彼の首へ腕を回し、たどたどしく頬を寄せる。

「ど、どうすれば良いの？」

二人で寝そべるには狭過ぎて、落ちてしまいそうで怖い。

真剣に聞いているのに、フォリーは何故か笑い出した。

「は……ははは、可愛い。ルーチェ」

とても言葉通り受け取れない。馬鹿にされているとしか思えず、むぅっと眉をひそめた。

「酷い。何故笑うの？」

「だって……」

これまで全てフォリー任せだった。極端に言えば、じっとしているだけで彼が全部してくれたのだ。それこそ服を脱ぐところから。

だからいやらしく乱れた服はいっそ完全に脱ぎ捨ててしまいたいのに、自分からは切り出せずにいる。

「真っ赤になって……熟れた果実みたい」

「や……！」

かぷりと耳たぶを甘嚙みされた。そしてそのまま生温かく柔らかな舌が耳朶をなぞる。

ぞくぞくした震えが脳天まで突き抜けた。

「あ……んっ、誤魔化さないで……っ、舐めちゃ嫌……！」

わざと羞恥を煽るように音を立てられる。淫靡な水音が直接注ぎ込まれ、聞きたくないのに逃れられない。

「嘘。だってほら……こんなに乳首が硬くなってるよ」

「え……？　ひゃぅ……っ」

そこにはまだ触れられてさえいないのに、フォリーの言う通り赤く主張していた。それが酷く淫らな証明に思えて仕方ない。

けれどフォリーが嬉しそうなので構わない気がした。

摘ままれた頂がじんじんとした疼きを呼ぶ。指の腹で擦られ軽く引っ張られると、堪えきれない喘ぎが漏れてしまう。

慌てて両手で口を塞ぎ、必死に声を抑えようとした。

「ふふ……ははは……っ……」

「何がおかしいの!?」

こちらの想いも知らないで、楽しそうに笑い続けるフォリーの胸を叩いて抗議する。ふざけているつもりなどないのに、あんまりだ。

自分の中では一番怖い顔を作って睨んでも全く効果はなく、むしろ笑い声が大きくなる。

「だって……昔のルーチェが戻って来たみたいだ」

「……！」

愛おしいものを見詰める瞳が眼前にあった。切なく揺れる灯火が赤く燃えている。

「ずっと……会いたかったルーチェだ」

真剣な眼差しに、もうからかいの色はなかった。

絡む指を素直に握り返す。会いたかったのは、こちらも同じ。素直に曝《さら》け出しても良いのなら、甘えてみたい。

「それなら……離さないで」

「言われなくても」

性急に割られた膝の間にフォリーの身体がある。そのせいでどれだけ恥ずかしくても脚を閉じられない。

それどころか片脚を肩に担がれたせいで腰が浮き、淫らな体勢を要求されてしまった。

「顔隠しちゃ駄目だよ。全部見せて」

「恥ずかしい……よ……っ」

「知ってる。その顔が見たい」

羞恥から逃れようと顔を覆っていた両手を剝がされ、指を絡め敷布に落とされた。そうなってしまえば抵抗の術はない。

受け入れるだけになったその場所に熱いほどの視線を感じる。

「濡れてる……舐めて良い？」

「そんな事聞かないで……っ！」

沸騰するかと思うほど、身体が熱い。身動きも許されないので、せめて眼を閉じた。

「ルーチェ、お願い。眼を開いて。貴女の紫の瞳が見たい」

「……ふっぅ……」

甘い囁きが耳から全身に注がれ、逆らえない強制力を生む。

儚い反抗など無意味ですぐに絡め取られてしまい、従順にも従ってしまった。

「綺麗……」

滲んだ涙を吸い取られ、気を取られているうちに大きな手の平が足の付け根へと伸びてゆく。

ぬかるみに触れられた瞬間、ビクリと背筋が仰け反った。

「……っ、ふぁッ」

「ああ、溢れてくる。やっぱり我慢できない」

「……!!　んんン……ッ!?」

指とは違う生温かく柔らかなもので敏感な場所を押し潰される。弾かれ、転がされる度、白い光が弾けた。

「……ァっ、あ、ああ……っ」

刺激が強過ぎておかしくなりそう。

自らの足の間に埋まるフォリーの髪に指を差し入れ、何とか遠ざけようと試みたが、むしろ押し付けるように腰を動かしてしまった。

「ん……舐めても追い付かないね。洪水みたい。ここもこんなに膨らんで」

「ひゃ……!?」

淫靡な蕾を尖らせた舌で突かれ、同時にひくつく場所へと侵入した指がゆっくり内壁を探る。物足りないと思えるほどに緩慢に。

「ん……く、」

浅いところを出入りしていたフォリーの指が水音を立てながらクルリと回され、唇に挟まれたしこりが苛まれる。流れ落ちる蜜がかろうじて残された服を濡らしてゆく。

達するには弱い刺激でも、続けられれば熱が蓄積される。それは階段状に積み重なり、更なる高みへとルーチェを攫った。

「……あっ、イ……!!」

「まだ駄目だよ」

「……え?」

これまでなら強引にでもそこへ押し上げられたのに、何故かフォリーは動きを止めた。

燻る熱が下腹部を切なく疼かせる。あと少しだったのに、と少しばかり恨めしい。

「どうして……」

「一緒に逝《い》きたいから」

「……」

そこに込められたのは淫らな意味だけではない気がした。真剣な顔ははぐらかすのを拒絶していた。

情欲を滾らせながらもどこか真摯な瞳に、吸い込まれる。

「……うん。一緒に……」

視線を合わせ、ルーチェはふわりと微笑んだ。

——たとえそうでも構わない。

怖いくらいの執着が絡み付いていても、きっと喜びと共にこの手を取るだろう。そんな予感の中で口づけを受け入れた。

「ふ……っ、あ、ぁ……」

「もっと快くしてあげたいけど、ごめん……もう、限界」

体内を押し広げ、埋め尽くす屹立が愛おしい。フォリーの一部だと思えば異様な形状さえ可愛らしく見えるから不思議だ。心一つで何もかもが印象を変える。

「ルーチェ、力抜いて……っ」

「あ……分からなっ……」

抉られる内側が歓喜に震え、フォリーを奥に誘う。初めて、自分の身体が本当の意味で大切に思えた。

彼を受け入れられる事が誇らしい。こんなに幸福感に満たされる行為が、穢れたもののはずがない。そう位置付けるのは大いなる誤りな気がする。

もしもこれが聖女として禁じられたものであるならば、歴代の彼女達は『愛情』というものの本質を知らぬままだったのかもしれない。かつてのルーチェがそうであったように。

「あっ、ぁあ……んッ」

「中……熱くうねっている……」

時間をかけて最奥まで行き着いたものが、一気に括《くび》れた部分まで引き抜かれた。その喪失感を認識する前に、再び奥へと腰が叩きつけられる。

「あぁアッ……！　やぁ……っ！」

ぐちゅぐちゅと粘度のある水音が揺さ振られる耳に届く。上等なソファが激しい律動に軋む悲鳴を上げた。先ほどまでの穏やかさをかなぐり捨てた荒々しさで掻き回される場所が収縮するのが分かる。

「強請られているみたいだね……っ、出ていかないでって……くっ」

眉間に皺を寄せ、滴る汗もそのままに腰を振るのは凄絶な色香を放つ青年。

深く抉られる度、零れ出る嬌声が止まらない。

「はぁ……ッ、あ、あぅっ、あ、あぁぁっ」

「綺麗だよ、だからもっといやらしく乱れて」

両脚を膝裏から持ち上げられて折り畳まれる体勢は少し苦しい。皮肉なまでに乱れのないフォリーの服を掴み、必死にしがみ付く。そうでなければソファからずり落ちそうで怖かった。

その事に気付いたのか、一転して緩やかな動きに変わったフォリーがそっとルーチェの額に口づけ微笑んだ。

「心配しなくても、落としたりしないよ」

「え……きゃ……!?」

繋がったまま体勢を入れ替えられ、気付けば浅く腰掛けた彼の上に跨る形になっていた。

「ふ……ぁっ」

自重で深く入り込んだ切っ先が子宮の入り口を叩く。慌てて腰を上げようとしたが、一足早く下から突き上げられ快楽が弾けた。

「やぁ……っ、あ、アッ」

「ちゃんと支えているから。ほらルーチェも動いてみて。自分が気持ちいいところ教えて」

確かに大きな手で腰を摑まれているため、安定感はある。だがいくらルーチェが通常より痩せていても人ひとりの重みは相当なものだ。それがどっかりフォリーの上に乗っているのかと思うと、申し訳なさでいっぱいになってしまう。

「で、でも……」

その上はたから見れば半裸の自分がフォリーを襲っているようだ。淫らな場所は今広がった夜着の裾に隠されてしまっているが、その事に改めて気付かされどうしようもなく恥ずかしい。

「無理よ、そんなの……」

「でもこのままじゃルーチェが辛いでしょう？　……僕も、苦しい」

切なげに細められた瞳と、零れた吐息が艶かしい。どうにかしてあげたい気持ちが羞恥を勝り、彼の肩に手を置いた。

「……こ、こう？」

少しだけ前後に動けば敏感な蕾が擦れ、堪らない愉悦を生む。頑張ったものの、たちまち動けなくなってフォリーの頭に抱き付いた。

「や……これ、無理ぃ……っ」

「上手だよ。もっと好きにして良いよ？」

ニヤリと上がった口角が意地悪だ。やはりからかわれているのかと悔しくなる。

精一杯の虚勢を張って睨み付けたが、フォリーは楽しそうにしながらも瞳の奥が笑っていなかった。

「ルーチェ……、そんな顔絶対に他の男に見せちゃ駄目だよ。相手の眼を潰すか殺したくなってしまうから」

「……冗談、よね？」

「さぁ？」

思わず引いてしまった身体を、後頭部を摑まれ引き戻される。深く口づけられ上も下も交ざり合い、クチュクチュという水音がどちらから奏でられるものなのか最早分からなかった。

お世辞にも豊かではない胸を揉まれ、腰を揺すられる。内部に施される愛撫は勿論、擦られる芽と口内からも絶え間ない快楽が生み出され、狂うほど気持ちが良い。

「んン……っ、ふ、あっ、あぁッ」

フォリーは身体を後方に倒したお陰で動き易くなったのか、小刻みに腰を揺らした。それは次第に大きくなり、最後は荒々しいものへと変わる。

「あんっ、あ、あ……激し……っ」

上下する視界が霞むのは、生理的な涙で上手く像を結べないせいだ。

同時に与えられる複数の刺激は鮮烈で、とても堪えられるものではない。あっという間に絶頂へと駆け上る。

「も、もう……いっちゃ……っ」

「ん……良いよ、僕も限界……っ」

ぐぅ……と内部の圧力が増したのが分かった。弾ける予感に抱き締めて欲しくて腕を伸ばす。望みは叶えられ、フォリーの腕の中へすっぽり納まる。

「あ、ああ……っあ――――!!」

「……っ」

痙攣する胎《はら》の奥に温かいものが広がった。断続的に吐き出される何かが大切な器官に流れ込むのを感じる。

「……はぁ……は……」

ぐったりもたれかかったまま、互いの心音を聞いていた。通常よりも速い鼓動が緩やかな旋律を刻むまでうっとり眼を閉じる。

「ルーチェ……身体は大丈夫？」

下肢を埋め尽くしていたものが引き抜かれると、生温かいものが腿を伝った。見れば、白濁の液体がフォリーを受け入れていた場所から溢れ出している。

「平気……でも、眠い……」

時刻はとうに深夜を越えている。疲れもあって瞼が重い。

「良いよ、眠って」

頬に落とされた唇の感触を最後に、ルーチェは意識を手離した。愛しい温もりと幸せな充足感に包まれながら。

8　裁かれる時

「これは……どういう事だ……!?」

シオンから手渡された報告書の束がフォリーの手から滑り落ちた。

足もとに広がったそれらを拾う事もせず、扉口に立つ男を見詰める。

「全て、そちらに記載してある通りです」

敢えて感情を排したシオンの物言いは、フォリーの気を落ち着かせるためだろう。それは分かっている。だが、無理な話だった。

「嘘だ……」

眩暈のせいで視点が定まらない。勿論書かれた内容が真実であるのは理解していた。ただそう思い込みたいだけ。

震える脚がよろめいて机にぶつかり、上に置かれていたインク瓶が落下して派手な音を立て砕けたが、それさえ無視して手で顔を覆う。

「……もっと詳しくお調べ致しますか？」

「……いや、いい」

もとより内容の一部は自ら調べたものだ。誤りがないのは己が一番よく分かっている。薄々予感してもいた。

だが歴然と事実を突き付けられるのとは別問題だ。

割れた硝子と黒い染みを黙々と処理するシオンを、虚ろなまま見下ろす。インクが染み込んでしまった絨毯はもう使いものにならないだろう。

拭うそばから広がる侵食が毒々しく眼を射《い》り、息が苦しくなる。取れない汚れは未来さえ塗り潰してゆく暗示に思えた。

「……ルーチェは」

「この数日は体調が良いようです。シハを欲しがる素振りも見せません」

「……そう。暫く一人にしてくれ。誰も近付けるな。ああ、彼女に伝えて。今夜も夕食を共にできそうにないと……」

食欲など湧くはずもない。今、顔を会わせ普通に振る舞う自信は到底持てない。母を喪った時に絶望の底を見たと思ったのに、それさえまだ入口だったらしい。

深く一礼したシオンが音もなく立ち去る。

倒れ込むように腰掛けたソファが地中に沈み込みそうなフォリーの身体を支えてくれた。

「どうして……っ」

やっと、気持ちが通じ合えたのに。これから先、輝く未来を共に歩めると信じたのに。

残酷な神はいつだってその手を緩めない。まるで無邪気な幼児が虫を殺すように、悪意も殺意もなく徒《いたずら》に命を刈り取ってゆく。その顔に笑顔さえ浮かべて。

ぐったりと身体を預けたまま、どれほど時間が経ったのかも感覚が麻痺していた。室内に明かりが灯されたのも気付かず、ただ虚空を眺めていた。

握ったままの紙切れが酷く重く感じる。それはそこに記された内容のせいだ。のろのろと視線を動かし、文字の羅列を追う。

『シハに関する報告書』

癖のある字は信頼する高名な医師のもの。フォリーにとっては医学の師でもある。あの忌むべき流行病をいち早く研究し、多大な貢献をしてくれた恩人は偏屈で扱い難いが、薬草の分野に於《お》いて右に出る者はいない。

つまり、内容の正誤は疑うまでもない。

「誰か嘘だと言ってくれ……」

その中には、可能性を予感しつつも幾度となく打ち消してきた事が書かれていた。はっきりと、無慈悲に。

『シハとシハヴァは元は同種のものと思われるが、シハは独自の変化を遂げ、毒性に於いてはシハヴァとは比べようもなく強く、そのうえ強い中毒性を無視できない』

「……っ」

鋭い痛みで息もできない。その一文が脳裏を占め何も考えられず、縋るように続く文へと目を走らせた。

『ただしまだ、あくまで研究途中』

それはそうだ。他の人で試す訳にもいかない。

『幻覚・多幸感・性的興奮を高め、次第に使用頻度が増えて最終的には食欲を失い、活動の意欲を削ぐと思われる。似たような効果を持つ他の薬草と比べてみても中毒性は強いと思われ、長く使い続ければ使用者は夢現の境を彷徨う時間が増えると考えられる。やがてはシハを求めて凶暴性を増す可能性も否定できない』

何度確かめても、舐めるように文字を追っても、同じ事しか書いてはいない。

そんな恐ろしい毒をこの手でルーチェに与えていたのかと思うと、胸を掻き毟《むし》りたくなる。深刻に考えもせず、乱れる彼女に喜んでさえいた。込み上げる吐き気が嗚咽《おえつ》に変わる。

「馬鹿か……っ」

何故もっと疑わなかったのか。早い段階で調べなかったのか。いくら閉ざされた秘密であっても、詳しく追えば分かったのではないのか？

後悔が濁流になり押し寄せる。

考えても仕方のない事だとは理解していた。フォリーと出会う以前、幼い時からルーチェはあれを口にしていた。再会した時点では手遅れと言えばそうなのだろう。それでも、悔やむ気持ちに歯止めがかけられない。

けれど、まだ希望はある。

書かれているような禁断症状は、今のところルーチェに現れていない。少なくとも、格段に食欲が落ちたのでもない。使用頻度にしても、欲しいと強請られたのはあの時だけ。事実この数日はシハの『シ』の字も口にしない。

ならば彼女の身体に巣食う毒を消し去るのも間に合うのではないか。

――違う。間に合わせるのだ。必ず。

報告書にもあったではないか。あくまで可能性の話だと。

震える手を無理矢理押さえ付け、見えるはずのない神を睨み付けた。想像の中、禍々しい翼を広げる彼は死神にしか見えない。

――渡しはしない。決して。

奪わせない。ルーチェを誰にも。

呼吸を整え気持ちを落ち着かせようとした時、控え目なノック音がした。

「……誰？」

「あの……忙しいのにごめんなさい。今夜も一緒に食べられないって聞いたから、簡単に摘まめるものを持って来たの」

扉の隙間から覗くように顔を出したのは、今一番会いたくて、同時に会いたくない人だった。

フォリーを認めた瞳が嬉しそうに細められる。

「その……煩くしないから、私もここで食べても良い？」

「ルーチェ……」

本音では、顔を見るのも辛い。抱える秘密が大き過ぎて、何かが零れ落ちそうだ。

「……どうしたの？　何か、あった……？」

サンドイッチをテーブルに置き、ルーチェは心配そうにこちらを見た。そんなに酷い顔をしているだろうか。

これまでなら、何でもないと誤魔化し一人で抱え込んだだろう。けれど、彼女がそれを望まないのは昨晩の語り合いで痛感した。独り善がりな自己満足では誰も救われない。

それにルーチェは強い。自分が思っている以上にしなやかな心を持っている。

それならば――

「聞いてくれる……？　今から話すのは、楽しいものではないけれど……」

しっかりと眼を見詰め、彼女の手を取った。同じ苦悩に立ち向かうために。

「フォリー……手が震えてる……」

「ごめん。情けない……」

不安そうに揺らぐ瞳に見上げられ、鼓動が乱れた。

話すと決めたのに、いざとなると最初の一言が出て来ない。握り締めた手の平から伝わる体温が染み込むように馴染んでゆく。

「星を……見に行こうか。昔みたいに二人で……そこでゆっくり話そう？」

心の整理をつけるために、ほんの少し時間が欲しい。上手く告げられるように頭も冷却させたかった。

だが何かを察したのかルーチェは長い睫毛を一度伏せ、それからしっかり顎を上げた。

「……もしかして、シハの事……？」

「知っていたの……!?」

あまりに穏やかに問いかけられ、一瞬言葉に詰まってしまう。ルーチェの眼には悲哀も怒りも浮かんでいない。

「何となく……おかしいな、とは思っていたから。最近ね、酷く飢えみたいなものを感じるの。身体が作り変えられるみたいな……」

ぽつぽつと紡がれる内容に眩暈がし、指先まで震えが走った。

ルーチェが気付いていたという事実が、想像以上に胸に堪える。

「いつ、から……」

「島にいた頃から、飲んだ後に身体が熱いなとは思っていたわ。積極的に欲しいと感じるようになったのは、最近かな……でも、それは前ほど頻繁に食べなくなったせいかもしれない。以前は時間があれば口に運んでいたもの。ねぇ、あれは良くないものなの……？」

僅かな怯えが紫の奥に過《よぎ》る。それでもしっかり自分の脚で立とうとするルーチェを夢中で抱き締めていた。

「大丈夫……っ、必ず助けるから……！　何があっても、絶対に守るよ」

「フォリー……」

「お願い、どうか信じて。貴女のためならどんな事でもするから……！」

「フォリー……うん。信じてる……」

必死の懇願は、背中に回された腕により回答を示された。

二人の間に信頼し合う者の空気が流れる。互いの温もりだけを感じて、波立っていた心が落ち着いてゆく。

いっそこのまま一つに溶け合えたら良いのに、と願わずにはいられなかった。

「……ねぇ、でもフォリーと出かけるなんて久し振りだもの。せっかくだから行きたいよ」

暫くそのまま過ごした後、わざと戯《ふざ》けたように笑うルーチェを複雑な思いで見詰める。

レヴァンヌ邸に辿り着いてからは彼女を一切外に出していなかった。部屋のバルコニーを開くくらいの自由は許可していても、必要以外は部屋の外に出るのも許さない日々が続いているのだから。

勿論教団からの動きを警戒するためだが、それ以上に万が一にもルーチェが逃げ出さないかと不安だった。

昨夜の幸福な時間によってそれは少し薄まったが、完全には消えていない。

そんな臆病者に対する皮肉ではないだろうが、責められている心地がしてしまう。

「そんなに行きたい？」

「うん、ショールを取って来ても良い？　まだ外は寒いから」

キラキラ煌めく瞳に苦笑してしまう。純粋故にこちらの淀んだ感情さえ美しいものへと変えてくれる光を、もっとじっくり鑑賞したい。

「勿論だよ。それじゃ暫くしたら迎えに行く」

「分かったわ。待ってる」

部屋を出るルーチェの後ろ姿を見送って、大きく息を吸った。

――しっかりしろ。もう、後には引けない。

ルーチェはきっと傷付く。信じてきたものが自身を蝕んでいたと知って。

世界に裏切られる絶望は身に覚えがある。その痛みが耐え難く胸を抉る事も。

「必ず……守るから」

頼りなくてもその決意だけは決して揺るがない。ルーチェを支えられるのは自分だけだと思うと、怖いと同時に歓喜に震える。

封印を施すように報告書を纏めて引出しにしまい、鍵をかけた。

この想いがシハになど負けるはずがない。

弱い己を振り切るために、わざと大股でルーチェの部屋へ向かう。彼女に近付く一足毎に波立っていた気持ちが静まるのを感じた。

「お待たせ。行こうか、ルーチェ……」

扉を開くと共に意識して張った声は、受け取り手のいないまま尻窄《すぼ》みに消えた。

主のない室内は、明かりが灯っていても薄暗い。充分に暖められているはずなのに寒々しく感じられるのは何故だろう。

部屋の中には誰一人、いやしなかった。

「……ルーチェ……？」

隠れるような場所はありはしない。そもそもその必要もない。

事実上の軟禁状態とは言え、これまでルーチェの部屋には監視もなければ鍵もかけられてはいなかった。ただ言葉だけで「勝手に出歩いてはいけない」と言い含めただけ。

それでも彼女は逃げ出そうという素振りさえ見せた事はなく、試すように外への道をチラつかせても大人しく留まってくれている。だから今更逃亡したとは考えられない。もしもそうなら、とっくの昔に実行しているはずだ。

だが執務室からここまでは一本道。見逃すなど有り得ない。

「行き違ったのか？」

ならば他に急用ができたか。

どうにもしっくり来ず、もう一度視線を巡らせた。

そして、床に落とされたショールを見つけた。淡いピンク色のグラデーションが美しいその品は、贈り物の中でも一番彼女を喜ばせ、使って貰えているものかもしれない。

それが何故こんな風に。

ものを大切にするルーチェは、無造作に何かを床に放るような真似は絶対にしない。きちんと畳んで丁寧にしまう。

そもそもこれを取りに部屋に戻ったはずなのに。

「ルーチェ……!?」

湧き上がったのは黒い予感。拾ったショールから香る匂いに頭の中が真っ白になった。

それは禍々しくも爽やかな……シハの香りだった。

「どこに行ったの!?　ルーチェ!」

乱暴に開け放った続く扉の奥にも、物陰にも望む姿は見つけられない。そんな場所にいないと分かっていても、大きな花瓶や家具を薙《な》ぎ倒した。

そして振り返った先、寝台の上に奇妙な封筒を見つけた。

同じ白い色がリネンと同化し、すぐには気付けなかったのだ。

だが一度目をやれば、不自然過ぎてもう目を離せない。

「……!?」

焦りから言う事を聞かない指で取り出した紙面を凝視する。薄い紙は高価なもので、誰もが簡単に扱えるような代物ではない。ルーチェがそんなものを持っていると聞いた事もない。ならばいったい誰が?

そこに書かれたのは、たった一言。流麗な文字は書いた者の人柄を表すように静謐だった。

――『聖女は返して頂きます』

次の瞬間には、扉を蹴破るように外へと飛び出していた。

ここから聖地の島へはプレジアの港から船に乗るしかない。ならば誰でも確実にそこへ向かう。まだそれほど時間は経っていないから、全力で馬を駆ければ途中で充分追い付けるだろう。

フォリーは突然現れた若き伯爵に動揺する馬番を気遣う余裕もなく、強引に愛馬へと跨がった。そして力一杯鞭を加え、夜の闇を疾走した。


ぼんやりと闇夜に灯る明かりは、小さなものでも存在感がある。遠目で揺れるそれを認めた瞬間、身体中の血液が沸騰するかと思った。

「ルーチェ!!」

前方で馬に跨る黒い背中。

案の定まだレヴァンヌ所有の敷地内から出てもいない。普段ならば考えられない性急さで馬を走らせ、目当ての光に向かい声を張り上げた。

確信を促したのは、馬上で風に揺れる長い髪。

「フォリー!!」

返された返答と伸ばされた白い腕が暗闇を裂いた。危害はまだ加えられていないらしい事に安堵して、一直線に距離を詰める。

二人乗りの馬より、フォリー一人が跨る馬の方が速いに決まっている。

「止まれ!! 逃げようとしても無駄だ!!」

瞬く間に縮まる間隔の中で漸くルーチェの顔を確認できた。

蒼白な顔色で馬上に横抱きにされ、それでも必死にこちらへ手を伸ばしている。連れ去られる際に負ったのか、頬には擦ったような傷があった。

「放して、マリエス……！」

ルーチェを攫った男が目深に被るローブから、金の髪が現れる。青い瞳が冷徹な光を放っていた。

「残念ですが、聖女は返して頂きますよ」

低く艶のある声が夜に響き、それは空気を震わせた。間違えようもない低く艶やかな声音。耳に心地好いはずが、ザラリと精神を削る。

「マリエス……っ!?」

いないはずの人物が、そこにはいた。

白い法衣の上に羽織られた漆黒のローブ。片腕でルーチェを拘束しながら、器用に馬を操るのは見事としか言いようがない。

彼の黄金の髪に青い瞳は闇の中でも美しく光り、月光に祝福され神々しくさえある。こんな時でなければ、見惚れてもおかしくはないほどに。

「どうして……ここに……」

「勿論、ルーチェを返して貰いに来たのですよ」

『当たり前じゃないですか』と語る口調は場違いにも穏やかで、出来の悪い子供を叱るような声に思えた。

唖然としている間に鮮やかに加速したマリエスは、再びフォリーとの距離を開く。それを追う蹄の音が荒々しく響き渡る。

「待て……！」

「フォリー！」

動揺したフォリーの心情が馬に伝わったのか、上手く愛馬を乗りこなせない。乱れた足並みでは、辛うじてマリエスに着いて行くのが精一杯だった。

前方を走る馬上にてルーチェがもがく姿が見える。

「暴れないで、ルーチェ！　必ず助けるから！」

これ以上暴れれば、いくら馬の扱いに慣れているらしいマリエスでもルーチェを落としかねない。叫びに似た懇願は届いたらしく、ルーチェの抵抗が止んだマリエスの馬は更に速度を上げてゆく。

それでも見失わない限りどうとでもなる。実際追い詰められるようにしてマリエスとルーチェの乗る馬は、森の中へと流れてゆく。

樹々を掻き分け、前を走る馬を追いかける。

後方へ流れてゆく枝が、時折凶器のように肌や服を掠めた。それを痛いと思う暇もなく限界まで加速を要求した。

やがて開けた場所へと出た時には、馬だけでなくフォリーの息も上がっていた。

途絶えた枝の隙間から月光が覗き、さながら舞台演出のように降り注ぐ光が照明となり、マリエスとルーチェを照らす。見た目だけなら美しい絵画に似ている。

自分がなれなかった王子様と姫のようだと感じてしまった屈辱が、フォリーの胸を焦がした。

「……追い付かれてしまいましたか……気付くのはもう少し後だと思ったのですがねぇ……少し、甘く見過ぎたようです。遊び心など起こすものではないですね」

「ルーチェを放せ……」

奥歯が割れそうなほど噛み締めて、睨む視線に殺意を込める。

「どうやって屋敷に侵入したのかは知らないが……」

悔しいけれど、万全だと自負していた警備には穴があったのだろうか。油断が招いた結果だと思うと、自分自身に腹が立つ。

「僭越《せんえつ》ながら、警備はもう少し見直される事をお勧め致しますよ。あの門番は腕は立つようですが、少々お人好し過ぎますね」

馬を降り、自然な動作で近付いて来る男を呆然と見守る。目にしているものが信じられない。場違いであるのに、圧倒的存在感がそれをねじ伏せていた。

「……生誕祭か……！」

「その通り。どこもかしこも浮かれた熱が漂っていますね。あの屋敷にも気がそぞろな者が多数いるようです。長年の寄付に対し直接レヴァンヌ伯爵に礼を言いたいと告げたら、あっさり通してくれましたよ。ご丁寧にも、最近迎えられた奥方についても語ってくれました」

数日前に新しい聖女が生まれたと情報が入っていた。その後があまりに衝撃ですっかり忘れていたが、今日は祝いの祭が開かれる予定になっている。

フォリーも表向きは祝福の意を示した。

だからこそ、ほんの少し油断もしていた。これでもう教団がルーチェに拘り奪い返すような真似はしないだろうと。使い終わった替えのきく道具に執着を示す人間などいるはずがない。

優雅な足取りはまるでこの場がマリエスの支配下にあるようだった。

「……それでも簡単に侵入できるはずはない」

「意外に堂々と振舞った方が、人は警戒を緩めるものなのですよ。色々と面倒なので、案内をしてくれた者には暫く眠って頂きましたがね」

慈悲深い微笑みには欠片ほどの悪意も読み取れない。それが逆に空恐ろしい。

マリエスの顔を知るのは自分とシオンだけだ。他の者には高位の神官としか映らないだろう。それが災いした。

「シオンは……」

「彼は厄介そうでしたのでね、早々に足止めさせて頂きました。今頃は愚かなメイドの尻拭いに奔走しているのではないですか。貴方が以前私に仕掛けた方法と同じですよ」

意趣返しとでも言いたいのか満足気な表情が癪《しゃく》に障り、渇いた喉が引きつれる。呑まれそうになる意識を漸く繋ぎ止めた。

「――初めから疑い、監視していたという事か」

「はっきり申し上げればそうですね。貴方の目には信仰心の欠片もありませんでしたから。特にここ数年は密かに警戒させて頂きました。幼い頃に死を間近に感じ神に傾倒するのはよくある話ですが、貴方に限っては当て嵌《は》まらない気がします。それでも表向き過分な寄付を続けてくださいましたから泳がせておきましたが、何か思惑があるのだろうとは薄々勘付いておりましたよ。ならば目的は一つだけでしょう。まさかあれほど大胆に連れ去るとは思っていませんでしたが。流石にあれには度肝を抜かれ、対応が遅れてしまいました。まさか巡礼者を送る船に堂々と乗せていくとは。貴方ほどの権力と財力があれば、秘密裏に別の船を用意する事もできたでしょうに」

そんな事をすれば足が付き易くなる。分かっていて言っているのだと分かり、屈辱感が膨れ上がる。

「ルーチェは渡さない」

マリエスの腕の中にある彼女へも届くようにハッキリ口にすれば、ルーチェが潤む瞳で見詰め返してくる。

その視線の強さに勇気付けられ、深く頷いた。

本当は僅かでも弱さを見せれば、マリエスのもとに行ってしまう気がして恐ろしい。

繋がったと感じられた絆さえ、ルーチェとマリエスが築いた時間の前には脆い糸にしか思えない。そんな弱さを剝き出しにさせる威圧感を、眼前の男は放っていた。

「ルーチェは大切な聖女です。貴方一人のものにして良いお方ではありませんよ」

ふわりとローブを翻し、マリエスが一歩前に出る。

背後に追いやられたルーチェの身体は如実に強張り、微かに震えていた。その瞳が見上げるマリエスへ一心に注がれているのが我慢ならない。

――お願い。こっちを見て。僕だけを見ていて。

「……彼女にはもう聖女たる資格はない」

「……！　フォリー……！」

まるでマリエスにだけは知られたくないとでも言うように、ルーチェが頬に朱を走らせた。色白い彼女の顔色はすぐに分かる。蒼白だったはずが今は羞恥で耳まで赤い。

「純潔を失った事ですか？　それが何だと言うのです？　身体を奪ったからと言って、相手を支配できるとでも？　実際貴方はそれでルーチェの心を手に入れられたんですか？」

さもくだらないと言いたげに嘲笑うマリエスを睨み付け唇を嚙む。

自分がルーチェにした事に気付いているはずが、全く気に留めていないかのような予想外の言葉に一瞬啞然とした。けれど冷えた怒りがギリギリの場所で支えてくれる。

マリエスは確かに昔からルーチェを偏愛していた節がある。それは聖女としてのものだと思っていたが、違ったのだろうか。そう考えると、黒々とした嫉妬が湧き上がる。

「ルーチェを利用するだけして、道具のように扱うお前達には絶対に渡さない……っ！」

「おかしな事を言いますね。仮にも聖女にそんな仕打ちをするはずがないでしょう？　心配しなくとも、これから先も私がルーチェを守ります。ずっとそうして来たのですから、貴方が罪人になる必要はありませんよ」

当然のように、マリエスの手がルーチェの肩を抱いた。それは誰が所有者か知らしめるか如く自然な動きだった。

「行きましょう、ルーチェ。貴女のいるべき場所に帰りましょう？　これまで通り、リシュケル様を慰めてくださいますね？」

「私――」

「行くな。行かないで。ルーチェお願い……僕から離れないで……」

みっともなくて構わない。誇りを捨てて彼女が手に入るなら、幾らでも投げ捨てられる。マリエスの前で弱さを見せる事さえ、どうだって良い。

「フォリー……っ」

ルーチェを信じきれない自分が悲しい。臆病過ぎて嫌になる。

必死にルーチェだけを見詰めるフォリーへ憐れんだ視線を投げかけ、マリエスは両腕を広げ白い法衣を殊更に見せ付けた。

「ルーチェ、この国の民を見捨てるのですか？　貴女に縋り救いを請う人々を。貴女がいてくれるからこそ、国はあの程度の混乱で治まっているのです」

「……っ」

「心配せずともリシュケル様は全てを許してくれますよ」

ルーチェの身体から力が抜け、掠れる音が喉から響いた。

天秤にかけられたのは、たった一人と大勢の人々。どちらが重いかなど、知れている。

「フォリー……」

「駄目だよ……聞きたくない……」

嫌な予感がせり上がる。皮肉にもルーチェの言いたい事が手に取るように分かり、叫びたいほど胸が痛んだ。

こちらを凝視する瞳からはとめどなく雫が溢れ、薄紫色を薄紅へと変えていた。

――別れの言葉なんて聞きたくない。それくらいならいっそ――

「ごめんなさい……私、やっぱり……ぅ、あ……っ？」

「ルーチェ……？」

その時突然マリエスの腕の中のルーチェが震え始めた。

最初は微かに。やがて自力では立っていられないほどに膝が笑い出す。

瞬く間に全身へ広がったそれは、次第に痙攣じみたものへと変わった。同時に荒い呼吸音が耳を打つ。

「……は、ぅ……あくっ」

「どこか苦しいの？　ルーチェ!?」

尋常ではない様子に驚き危険も顧みず駆け寄れば、焦点の合わないルーチェがいた。

「ぁ……く、るし……」

はくはくと浅く息を吸いながら茫洋《ぼうよう》とした視界は何も映していない。まるで、シハに酔った時と同じように額に汗が浮かんでいる。ただしその顔色は真っ青だった。冷水を浴びせかけられたようにゾッと背筋が震える。

「ルーチェ……!?」

上手く呼吸ができないのか喉を仰け反らして尚、急激にルーチェの体温は失われてゆく。一つの忌まわしい言葉が脳裏で明滅する。まさか、と口に出すのも悍ましい単語が。

「禁断症状が現れたようですね」

「……え……?」

すっかり存在自体頭の中から消え去っていたマリエスの、至極冷静な声が闇夜を割いた。

「島を出てから何度シハを口にしましたか？　毎日ではないでしょう？　こちらの土地には存在しないものですからね。それとも……いくらか持ち出していたようですから、副産物である効能目当てに積極的に使いましたか？」

「何を……」

「もうご存知なのでしょう？　元々は効率良く神降ろしを行うためのものですが、淫らな欲望を煽る効果もあると」

カッと血が上るのが分かった。怒りと羞恥で視界が歪む。

「尤もこれまでの聖女達は、自覚する前にリシュケル様の身許へ召されていたようですがね。清らかに純粋培養された彼女達は、性的な衝動とは気付きもしなかったでしょう」

暗にフォリーの行為を皮肉っているのは明白だった。

神の僕たる男は清廉な微笑みを浮かべ、優しく語る。フォリーの眼を覗き込むように至近距離で顔を寄せて。

「聖女を穢す背徳の味は如何《いかが》でしたか？」

「やめろ！」

冒瀆《ぼうとく》とは非難できない。そもそもの罪は自分にある。

自身がその罪科《ざいか》故に罰せられるのは仕方ないが、ルーチェを貶められるのは許せない。身勝手でも許容できなかった。

「これは異な事を。貴方は気付いていながらシハをルーチェに与えていたのでしょう？まあ、命を縮めるものだとは流石に思わなかったとしてもね」

「え……？」

あまりにあっさり紡がれた言葉は天気を語るような気軽さで、事の重大さを曖昧に薄めてしまう。マリエスの表情を窺っても、常通りの落ち着いたものだった。

「今……何て……？」

聞き間違いとしか思えず、男の奇妙に赤い唇を凝視していた。薄いせいで酷薄な印象を持つそれは、優美な弧を描く。

「そのままの意味ですよ。使い続ければ身体と精神を蝕むと申し上げたのです」

意味が浸透するまでには少しの時間が必要だった。いや、とうに理解はしていても、全身全霊でそれを拒む。

認めてしまえば、見たくない事実と向き合わねばならない。残酷で、一片の救いすら存在しない深淵を。

マリエスの腕の中で身体を預け、虚ろな表情のまま涙を零すルーチェを呆然と見詰める。どこか諦念を滲ませたその色に、彼女は覚悟をしていたのだと悟った。

「嘘だ……」

「薄々気付いていたのではないのですか？」

違う、という言葉はあっけなく消えた。今更何を言ったところで無意味だ。

マリエスの言う事など信じるなと頭の中で声がする。それに従い惑わされてはならぬと気を引き締めても、どこかで納得していた。この数日の疑問と疑惑の欠片が嵌ってゆく。最悪の完成図を作り上げるために。

「あれは扱いが難しいものでね。適量を毎日摂取していれば、禁断症状は起こし難いんですよ。とは言っても、決して起こさないという意味ではありません。あくまで遅らせるというだけです。その代わり一度途絶えさせた後、多量に口にすれば強い依存性を引き起こします。その後は加速度的に使用量と頻度が増えていくという代物です。……尤もそれほど長く使い続けた者は、私が知る限りルーチェだけですけどね。彼女は特別です。少し耐性があったのでしょう……この歳になるまで何の変化も起こさなかったのですから」

　歴代の聖女があまり長く生きなかったのは、そんな理由があったから。厳しい生活や環境のせいではなかった。

　何故そんな重大な事実が外に漏れなかったのか疑問を持ったが、重要な機密故だと理解した。精神を衝撃から守るため、麻痺した部分が滑稽《こっけい》なほど冷静に判断を下す。

「この事を知るのは教団でも上層部のごく一部ですがね」

　まるでこちらの考えが読めるかのような絶妙なタイミングでマリエスは答えた。

　酷い眩暈で世界が揺れる。

　知らぬ間にルーチェは蝕まれ続けていた。使い捨てられる運命に向けて。

　崩壊の音が聞こえる。底辺だと思っていた場所さえ、まだマシな上げ底だったらしい。

「……お前達にとって、聖女はその程度の存在という事か……っ」

　可能ならばルーチェの耳を塞いでしまいたい。こんな醜い話、聞かせたくはない。そんな残酷な事が意図的に行われていたなんて。

「おかしな事を。私にとっても、ルーチェは唯一無二の存在ですよ。ですからこれも手土産のつもりだったのですが」

　差し出されたマリエスの手の中には硝子の器に入った赤い粉があった。その侮辱に全身が沸騰する。

「ならば何故……そんなものを与え続けた……!?」

大きく振り払った手に弾かれ、赤い粉が夜に舞った。月光を浴び、それは皮肉なまでに美しく踊る。

独特の香りが辺りに漂い、ゆっくりと地面へ降り積もった。

「ああ、勿体ない……神への冒瀆にもなりますよ？　これも立派な供物の一つなのですから。何も特別な力を持たない少女に聖女の役目は重過ぎます。せめて手助けをして差し上げなければ、いずれ潰されてしまうと思いませんか？　シハによる酩酊は温情でもあるのです。自身を神の伴侶と信じるためのね」

「ふざけるな……！　これがどういうものか分かっていながら……っ！　ルーチェは本当にお前を信頼していたのに……！」

悔しいが認めない訳にはいかない。

彼女の中で最も存在感を放つのは、未だ自分ではないと思えてならない。深く根ざした価値観は、言い換えればマリエスそのもの。

「内心で嘲笑っていたのか？　ルーチェは道具じゃない。一人の人間なんだ！」

「勿論存じてますよ。私が大切にお育て申し上げたのですから。貴方なら、理解できるはずです。私達は嫌になるくらい似通った思考の持ち主だと思いませんか？　願った事があるはずです。聖なるものを守りたいと同時に、滅茶苦茶に壊してしまいたいと――――この世は醜い事の宝庫でしょう？　せめて世界に一つくらい本当に美しいものが在ると信じたいじゃないですか。そして今度はそれを自らの手で粉々に砕いてしまいたいとも」

木々が揺れる音がする。冷たい風が世界を揺らす。内面にまで影響を及ぼす暴風が吹き抜けた。

「そんな事は思っていない！」

「いいえ、嘘ですね。貴方は私と同じ嗜好の持ち主ですから。残念ながらそれ故に嫌悪が拭えないようですが」

さも遺憾《いかん》だと言わんばかりに竦められた肩が憎い。

悪夢のような遣り取りで引き摺られそうになる精神を、すぐ傍にいる愛しい存在だけがこちら側へと引き留めてくれる。

「違う……！　僕はルーチェを愛している……！」

「ええ。私も愛していますよ。私の創り上げた完璧で清らかなお人形ですから」

悪びれもせず吐き出された台詞に目の前が真っ暗になった。狂人めいた内容とは裏腹に、その表情は柔らかく優しげでさえある。

「美しいでしょう？　生まれてこのかた血の穢れに繋がる肉も魚も口にせず、この世の醜さとは隔絶された世界で疑う事も妬みや憎しみも知らないまま、赤子と同じ無垢を保った奇跡の存在ですよ」

うっとりと、誇らし気に。その目は恍惚に浸っていた。創り上げた芸術品を愛でるかのように。

殆ど反応のないルーチェに頬を寄せ、どこか官能的に撫でさする。

「私はね、戦乱で両親を喪って以来、泥の中を這い回る生活をして来ましたよ。窃盗や暴力、詐欺に身売り……あらかたの悪事は働いたと思います。そうしなければ生きられなかった。運良く今の神官長に拾われてこの道に進みましたが、碌でもない幼少期でした。けれど漸く人並みの安定した生活が送れると安堵したのも束の間、希望は容易く打ち砕かれました。フォリー様、貴方も同じでしょう？　教団にも、救いなど存在しなかったのです。あったのは、社会の縮図じみた醜い諍《いさか》い。民を救うと嘯きながら、欲と打算に塗れた権力争いしか見つけられませんでした。だから、一つくらい一点の瑕疵《かし》もない清らかなものが見たくなったのです。もしもこの世に存在しないなら、自らの手で創り上げれば良いとね」

「……っ」

返す言葉がすぐに出なかったのは、マリエスの言葉に僅かながら共感している自分がいたからだ。

醜悪な現実の対比にある清らかなルーチェを護りたい。けれど同時に己の闇で満たしてもみたかった。

そんな歪んだ心情を言い当てられ、思考は停止した。

否定しなければと思うのに、十三年前の世界や神に見捨てられたという絶望の中、唯一光り輝いて見えたルーチェに心酔したのは事実だ。のめり込むように、彼女しかこの眼には映らなくなった。

そして今度は神から奪い去って自分だけのものにしたいと願う。たとえ光の世界からルーチェを引き摺り下ろし、彼女を穢し壊しても。

その心の動きは、マリエスが語ったものとあまりに似ている。

目の前の男は合わせ鏡の己自身だ。

狂っていると蔑みながら、誰より理解できると共感している。

恐怖が一気に膨れ上がった。

「僕は……っ、」

「……く、ぁ……」

その時ぐったりとしていたルーチェが僅かに顔を上げた。どうにか自力で立とうとしているが、全く力が入らない身体ではままならず崩れ落ちそうになる。

混乱で歪む視界の中、反射的に彼女へ手を伸ばすが、マリエスの黒いマントに抱き込まれ遠ざけられてしまった。

「……マリエス……」

「はい。ここにいますよ。貴女は奇跡にも等しい存在なのですから……無下《むげ》に扱ったり致しません」

聞いているだけならば、兄が愛しい妹に語りかけるような情愛に満ちている。だが本質は勿論そんな甘やかなものとはかけ離れていた。

自らの所有物が従わないはずがないと信じている、絶対的な支配者が微笑む。

「私は……そんな特別なものじゃない、よ……弱くて、嫌な感情も持っている」

「ルーチェ……？」

たどたどしくつっかえながら、まるで幼子のように拙い口調で紡がれたのは、誰より愛しい人のもの。

舌が縺《もつ》れるのか、何度も言い直しては荒く呼吸を繰り返している。

「私……聖女でいなければいけないのだと……ずっと思っていた。皆が望むなら、それが正しいのだと……深く考えもしなかったの。でもそれじゃいけない。そう……感じるようになったのよ」

マリエスの腕に縋っているだけだったルーチェの小さな手が、意思の籠《こも》った力に変わった。

「何を言っているんです？　貴女はそのままで変わる必要などありませんよ。今が完璧な形なのですから。過不足なく聖女として完成されているのですよ」

「ただいるだけの聖女なら、必要ない。そんなもの皆の妨げにしかならない……私はもっと意味がある事をしたいの……！」

「ルーチェ……！」

ドロリとした闇の中で淡く輝くものが在る。必死に手を伸ばした先には暖かな温もり。

漆黒の呪縛から解き放ってくれたのは、今も昔も変わらぬ人だった。微笑み一つ、語る言の葉で澱んだ世界に光を与えてくれる。

惑わされそうになっていた自我を漸く取り戻し、彼女に反論されるなど想像の埒外《らちがい》だったマリエスの一瞬の隙をついて、今にも倒れそうなルーチェを奪い返した。

不安定だった身体が、互いに寄り添う事で安定する。

ゆっくり顔を上げ、ルーチェは息を吸った。

「私、帰りません。お人形には……もうなれない」

ルーチェのその言葉で、冷えていた指先に熱が戻るのが分かる。それは次第に身体中を巡ってゆく。

「……愚かな事を……外の穢れに触れ、下らない思想でも植え付けられ堕落しましたか」

「違うわ……！　自分の目で見て、感じて、教えて貰ったものから考えたのよ」

「それが馬鹿馬鹿しいと言うのですよ」

無情に冷たく切り捨てられルーチェの肩が強張った。

「貴女は所詮、鳥籠の中の飛べない小鳥です。あの島でだけ生きて囀《さえず》る事を許される。外でなど生きられるはずがない。また誰もそれを望んでなどいません」

「……っ！」

「ルーチェ、聞く必要はない」

「マリエスにとって私は道具でしかなかったの……？」

まだこの男を信じているのだと思うと、血を吐く思いが渦巻く。あまりに純粋なルーチェには、歪みきった複雑な執着など理解できない思考に違いない。

「とんでもない。私如きが聖女を使うなどできるはずもありませんよ。でも私は完璧なものが好きなのです。美しいものが欠けるのが我慢ならないのですよ。それくらいならば、自らの手で原形を留めぬほどに破壊し尽くしたいのです。失われる寸前……如何なるものも最後の煌めきを放ちますから」

「全部嘘だったの？　私が熱を出した時看病してくれたのも、本を読んだり文字を教えてくれたのも……与えてくれた優しさは偽りに過ぎなかったの？」

あの島でルーチェは大半の時間を一人きりで過ごしていたが、それに次ぐ長さをマリエスと築いていた。フォリーという異分子が加わるまで、彼女の世界で名前を持った生身の人間は、マリエスただ一人だったのかもしれない。

「神に誓って本物でしたよ。貴女を完璧な聖女へお育てするためには、どんな穢れも引き受けるつもりでしたから」

「……マリエスにとって私は、聖女でしかないんだね……でもね、貴方がどう思っていても、大好きよ。だってあの島で生きられたのは、マリエスのお陰だもの。感謝しているし、酷い事を言われてもその想いは消えないの……でも私、貴方の望む聖女にはもう戻れない。これからは、自分の足で立ちたいから」

「不完全な存在になるという事ですか」

「本来の私に戻るだけよ」

けれどそれこそがマリエスの言う堕落。

人に近づくほどに彼の理想からは遠ざかる。

月光を受けて煌めく金糸の髪が、緩やかに左右に振られた。

「……ではもう必要ありません。ただの女になってしまった貴女には何の価値もありませんから」

「そんな……っ」

「貴女も所詮、そこらに転がる薄汚い人間と変わらないという事ですね……失望しました」

冷えた双眸には心底からの軽蔑が滲んでいる。これまでは支配的でありながらも細かな気遣いを見せていたのに、最早その片鱗《へんりん》さえ窺えない。

――愛した分だけ、憎しみも深くなる。光の影には、同じだけの闇が蹲《うずくま》る。失望を露わにした男は、大切なものをもぎ取られたかのように痛々しくも見えた。

「薄汚いだなんて……酷い……」

「ルーチェ、折角ですから良い事をお教えしましょう。もう貴女を真実から切り離す必要はないでしょうから。リシュケル様は人間など愛していませんよ。もとより、神など存在しません。神に縋る人間たちを利用し、管理し、搾取する。神とは人が都合よく作り出した想像の産物に過ぎないのですよ」

「なんて事を……っ、信じてた……のに……マリエスだけは違うって……」

溢れる涙がとめどなくルーチェの頬を伝った。

こんな醜悪なものを見せたくないがために多くは語らずに来たのに、全ては無駄だった。結局最悪な形でルーチェは真実を知ってしまった。

「だからこそ聖女の愛情だけは本物でなければならないのです。身分も性別も関係なく、同じだけの分量と重みを配分しなければなりません。貴女は食べ物に感謝こそすれ、偏愛する事はないでしょう？　それと同じです。ルーチェはそれができる稀有な存在であったのに……見苦しく変えられて。たかが、身体を暴かれただけで情けないと思いませんか」

「そんな風に言わないで……！　確かに博愛も愛情よ。だけど、たった一人を選ぶのも間違ってなんかいない……！」

「くだらない、下衆の思考です。男女間の愛だの恋だの……所詮肉欲に耽《ふけ》るための言い訳ですよ」

取り付く島もなく切り捨てられたルーチェは、抜け殻のように立ち尽くした。その様子をどこか満足気にマリエスは見下ろしている。まるで与えた毒が身体に回るのを見届ける、嗜虐的な喜びに浸りながら。

「幼い頃の貴女は可愛らしかった。純粋で無垢。真っさらな精神に一つずつこの世の理《ことわり》を刻み込むのは、最高に楽しい行為でした。いつか精緻に積み上げたそれを自らの手で壊すのだと思うと……堪らない愉悦で笑い出しそうでした。だからこそ残念でならない。いっそあの頃殺してしまえば良かった。そうすれば、堕落した貴女を見ずに済んだのに」

二人の男の間で、ルーチェの身体から完全に力が抜けた。抱き上げようとするフォリーの手から逃れ、地面に膝をつく。

　肩で息をする度、揺れる瞳から雫が零れた。

「無理をしない方が良いですよ。苦しいのでしょう？　何なら地べたを舐めてみては如何ですか？　先ほどフォリー様が撒《ま》いてしまわれたシハが残っているかもしれませんよ」

「ふざけるな！」

　もう許せなかった。会話に費やす精神力も限界。

　これ以上ルーチェをいたぶるのを見過ごせない。

　明らかにマリエスはこの状況に喜びを感じている。重ねた積木を跡形もなく破壊する歓喜に満ち溢れていた。そしてそれを理解できてしまう自分自身に悲しみをおぼえた。

「……っ、マリエスにとってくだらないものでも……私にとっては価値があるの……私は、フォリーがくれる愛が欲しい」

「ルーチェ、貴女の選択は誤りですよ。いつか必ず気付く事でしょう……一時の感情に流されるなど……愚かな事ですから。神の実であるシハが貴女を罰します」

　呪いのような一言に、ルーチェは凍り付いた。それを認めたマリエスは艶やかに微笑み、フォリーへと視線を移す。

「フォリー様、貴方が少しだけ憎たらしいです。私が手塩にかけて創り上げたものをこんなにも容易く壊してしまうなんて。その役目は私であったはずなのに」

「黙れ……っ」

「もう……やめて……！」

耳を塞いで叫んだ後、ルーチェはそのまま糸が切れたように意識を失った。呼吸を確認すると、か弱いながら規則正しく繰り返されている。安堵しつつその身体を抱き上げ、草の上にそっと寝かせた。血の気をなくした顔色が痛々しく、唇も青くなってしまっている。その唇を人差し指でなぞり、一息吐いてマリエスに対峙《たいじ》した。

「……本来なら、リシュ教の中枢が如何に腐敗しているか衆目に晒す事もできる。だがそれをしないのは、全てルーチェのためだ」

国教であるリシュ教をなくす事は難しい。下手をすればルーチェだけに罪を押し付け、何事もなかったかのようにされてしまう可能性もある。

だが一時的には嵐が巻き起こるだろう。教団自体、無傷では済まない。その混乱を考えれば充分駆け引きの余地は残されている。

「ルーチェは、渡さない。その代わり僕が知る事が外に漏れる事もないと誓おう」

「取引……のおつもりですか？」

雲が月を隠したせいで、一切が闇に沈んだ。先ほどまで見えていたマリエスの表情も窺えない。

「今後彼女に関わらないと誓うのなら、今まで通り寄付を続けても構わない」

「これは驚いた！　大層な御託《ごたく》を並べておいて、我々が新たな聖女を立て同じ事をするとは思わないのですか？　ルーチェ以外ならば、他の少女が犠牲になっても構わないと？」

「……ああ、その通りだよ」

自分の声が冷酷に響いた。

全ての人を救えるだなんて傲慢な考えは持っていない。勿論心が痛まない訳ではないけれど、人にはできる事とできない事があるのは事実だ。

精々自分の周囲、手と眼が届く範囲内のものしか守れない。自分を過大評価しようとは思わないし、理想を追い過ぎて今あるものを失う訳にはいかない。

何より冷徹な心が、ルーチェとそれ以外のものに優先順位をつけた。

本当に欲しいもののためには、どこまでも非情になれる。

「愉快ですよ、フォリー様。やはり貴方は私が思った通りの方だ。残酷で穢れているのに、聖なるものを求めてやまない……！　きっといつか貴方も壊れてゆくルーチェに喜びを覚える事でしょう……！」

「いいや。確かに僕たちは同じものを欲しているのかもしれない。でもそれは似て非なるものだ。僕がルーチェに求めているのは聖女の清らかさじゃない。彼女だけが持つ、純粋な強さだよ」

それは完全には重ならない。清浄な存在に焦がれ手を伸ばしても、それを喰らい尽くしたいと望んでも、根源にあるものが違っている。

けれどマリエスには伝わらなかったらしい。

「ですから……それを砕いてみたいのでしょう？」

て来ない。

これ以上は無駄だと思った。

どこまでも交じわる事のない平行線。ルーチェの時のように伝えたいという情熱も湧いて来ない。

「好きに思えば良い。でも僕はお前じゃない」

腰にさげていた剣を抜き、真っ直ぐ構えた。見た目以上の重みが手に馴染む。

ルーチェが眠ってくれていて良かったと思った。いくら覚悟ができているとはいえ、人の命を奪う瞬間を見せたくはない。彼女は間違いなく傷付くから。

「丸腰の私に剣を向けますか？」

「茶番はよせ。この場に現れたお前が何も持たない訳はないだろう」

「ああ、残念です。私は昔から貴方が嫌いではないのですがね」

心底楽しそうなマリエスを睨み、呼吸を整えた。

少し考えれば分かる。

まだ若く、元々身分が低いマリエスが何故教団内で高い地位を持ち得たか。他の神官とは違い、頻繁に島の外へと出るのが許される理由とは。

それだけの働きをし、利益をもたらしているからに他ならない。

つまりは、裏の汚れ仕事を――

「本当に、貴方のような優秀な者が教団に仕えてくれれば、運営も楽なのですがね……上も下も無能では私の苦労も窺えると思いませんか？　私もそろそろ次の世代に役目を譲りたいのですが、中々適任者が見つからなくて困っているんです」

場違いなほど穏やかに笑いながら、ローブを脱ぎ捨てたマリエスが袖口から針に似た長い何かを取り出した。

見慣れぬ道具にフォリーが眉をしかめれば、よく見えるようにとでも気遣うかのごとく高く掲げられる。

槍《やり》と言うには細く短い。持ち手の部分は摑みやすいように革が巻かれていた。使い込んでいるのを示すように変色したそれには赤黒い染みが何重にも染み込んでいるのが窺える。

「大きな獲物では暗殺など難しいでしょう？　これは昔からリシュ教に伝えられて来た暗器なんですよ。実用性を追求し過ぎて美しさは欠片もありませんがね」

青い瞳が底冷えする冷気を放つ。周囲の闇が重く密度を増したのが分かった。

「できればこんなものを使いたくはないのですが……今からでも考え直しませんか？　貴方は相当強そうだ。私も手加減はして差し上げられない」

「要らぬ心配だ。それより自分自身の身を案じた方が良い。この場に誰もいないという事は、単独行動なんじゃないのか。援軍は望めないぞ」

「そんなもの……もとより足手まといでしかありませんよ」

張り詰めた緊張感が互いの間に落ちた。

呼吸音でさえ妨げになるような静寂。不要な物音は一切消えた。

「正直……これほど教団がルーチェに執着すると僕は思っていなかった。まさかこんな場所にまで奪い返しに来るとはね」

言っては何だが、危険を犯してまで彼女に拘る理由はないはずだ。意外であると同時に奇妙な違和感を感じる。それもたった一人で乗り込んでくるとは。

「私の独断ですよ。今ならば私の力で大事にせずに済んだんですがね……仕方ありません。でもあの娘は色々知り過ぎました。シハがその筆頭です。教団を離れると言うのなら……障害として排除するしかありません」

理由がどうであれ、リシュ教に仇《あだ》なす者と見做されます——と身勝手な論理を展開するのは、見た目だけならば理想的な聖職者だった。内容に眼を瞑《つぶ》れば、有り難い説諭を受けている気になる。

「——シハの毒を抜く方法を、お前は知っているのか」

「さあ……？」

「ならば、力尽くで聞くまでだ……っ」

先に大地を蹴ったのはフォリーだ。身軽さを利用して一気に距離を詰める。

そのまま剣を薙《な》ぎ払えば、甲高い金属音と共に火花が散った。

細い武器など簡単に弾き飛ばせるかと思ったが、見事に受け流され間合いを取られてしまう。

そのうえ、足もとを覆い隠す長い法衣のせいで細かな動きが見えないのが痛い。何より実践経験の違いを痛感した。

マリエスは想像以上の手練《てだ》れだった。

フォリーの剣の師であるシオンと同等――いや、それ以上かもしれない。未だ数回に一度しかシオンに勝てない身としては、とても楽観視はできない。

けれど負けるつもりは毛頭なかった。

降り積もった落葉が滑り、自由に動けないのがもどかしい。だが、利はこちらにある。幼い頃より慣れ親しんだレヴァンヌの領地内なのだから。

けれど、それを承知でマリエスは現れたはずだ。それだけ自信があるという事に他ならない。

神経を研ぎ澄まし、次の機会を狙う。

「懐かしいですね。初めてお会いした頃も、貴方はそんな獣じみた瞳をしていました。まるで昔の自分を見ているようだと思ったものですよ」

無駄話に付き合うつもりも余裕もなく、応えぬまま睨み付ければ、人の事は言えぬほど爛々《らんらん》と眼を光らせた男がいた。滾る闘争心を隠しきれずに溢れさせている。

「ルーチェはこのまま放っておけば、いずれ衰弱して命を落とすでしょう。それはもう止められません。いくらシハをこれ以上与えないとしても無駄な話です。むしろ症状が悪化するだけですよ」

「ならばそうならない方法を教えろ……！」

再び飛び込み斬り合うが、あと一歩というところで躱《かわ》されてしまった。軽やかなマリエスの足取りは、摑み所のない羽のようだ。もどかしくて苛立ちが募ってしまう。

「一番マシなのは、少量ずつ与え続ける事です。それが彼女を死へ誘うと分かっていてもね。禁断症状を我慢させても何も好転しません。それなら快楽で誤魔化してやるのが優しさというものでしょうね」

「ふざけるなっ！」

瞬間、冷静さを失ったせいで剣を危うく跳ね上げられそうになる。何とか堪えたが、手首に重い痺れを感じた。

「いけませんよ。もう少しで殺してしまうところでした。もっと集中して頂かなくては」

「助かる方法はないのか……!?」

「少なくとも私は知りません。ですから、ここで殺してやるのがせめてもの慈悲なのです。どうか邪魔しないで頂けますか」

マリエスが治療法を知っているかもしれないという希望はあえなく打ち砕かれ、絶望がフォリーの胸を巣食う。それはあまりに呆気なくすぐ傍に潜んでおり、爪と牙を研《と》いでいた。

「もしも……僕が島から連れ出さなければ……」

こんな事にはならなかったのか。掠れる声を抑える事はできない。

「先ほど申し上げたでしょう？　遅かれ早かれ同じ結末が訪れますと」

慰める意図などないだろうが、マリエスの言葉に縋りたくなってしまう。そんな己の弱さを消し去るため、強く柄を握り直した。

「これまで通り、教会という檻の中で心穏やかに終わりを待てば良かったのに……愚かな娘です」

そうすれば、愛してあげたのに――そう聞こえた気がして嫌悪感が募る。

「言いなりでなければ大切にできないなんて……そんなもの……っ！」

たとえ僅かでもマリエスをルーチェに近付けたくはなくて、前へと強引に出る。揺動《ようどう》で揺さ振り、一瞬の隙をついてマリエスへ剣を突き出し、急所を狙った。

「……っ」

だが引き裂くことができたのは白い布だけ。胸から腹にかけ一文字に開かれた法衣は、だらしなく垂れ下がった。

「素晴らしい腕前ですね。こんな事は随分久しぶりの失態です」

法衣の邪魔な部分を切り落とした男の息は、感嘆を口にしながら少しも上がっていない。涼しい顔をしたまま表情さえ変えず、むしろ楽しんでいる風情さえある。

「今日は……随分喋るんだな」

どこか寡黙な印象を持っていた。これまで直接会話をする機会が少なかったというのが一番の理由だが、フォリーがマリエスを避けていたせいもある。これほど雄弁に語る彼を見た事がない。

「そうですね……少し興奮しているのかもしれません。私も、所詮人の子ですから」

振り下ろした刃は虚しく空を切り、しまったと思った瞬間には針が首へ迫っていた。

上体を捻《ひね》って躱すが完全に避け切る事はできず、左肩を一部抉られる。

痛みよりも先に感じたのは熱さ。傷口から全身へと灼熱が駆け巡り、剣を取り落としそうになった。力の抜けた左腕を補うため、汗でぬめる手の平を服で拭い、両手でしっかりと構え直す。

「素晴らしい。この至近距離で仕留められなかったのは初めてですよ」

どうせ本気ではない癖に。

白々しい物言いに鼻を鳴らして応え、耳と目で隙を探し続けた。

マリエスからは確かに底冷えするような殺意を感じるが、それはフォリーに対してではない。本当の狙いは背後に庇うルーチェなのは明白だ。大方フォリーを動けなくしてから目的を果たすつもりなのだろう。

――――そんな事はさせない。

細く息を吐き出し、集中を高める。

次で決める。絶対に。さきほど受けた傷は思いの外深いようで、長引けば不利になる。

流れる血が生温かく、鉄錆の臭いが忌々しい。

「フォリー様、賭けをしましょうか。貴方の言う愛情とやらと、私の抱く理想のどちらがより強いものか……」

「空々しい……！」

「何を……」

「今ここで貴方が勝てば私も納得しましょう。でも私が勝てば神に奪われたという事ですよ」

「もとより……そのつもりだ。ただし負ける予定はないがな」

互いに間合いを計りながら、少しずつ距離を縮める。

相手の鼓動まで聞こえそうなほど緊張が高まった瞬間——

空気が鳴動した。

遠くで獣の咆哮《ほうこう》が聞こえ、それに呼応するように一斉に鳥が羽ばたく音がする。

「何だ……!?」

それまで沈黙していた動物達が眼を覚まし、蠢いているのを感じた。強まった風が吹き荒《すさ》び、夜行性ではない鳥達が右往左往と頭上を飛び交う。

素早く辺りを見回すが、明確な変化は見当たらない。ただ耳は、ゴゴゴ……と地鳴りを捉えていた。

「今のは……?」

肌が感じるのは空気の震えのようなもの。遠くから何かが近付いて来る。

「——!!」

次の瞬間には大地が蠕動《ぜんどう》していた。

突き上げるような衝撃の後、立っていられないほどの揺れがフォリーを襲い、地面に叩き付けられていた。

「地震……!?」

マリエスも叫びながらよろめき、そのまま傍らの樹に手をついて何とか身体を支えている。

フォリーは膝をつきつつも剣は手放さず、大地に突き立てどうにか体勢を整え直そうと足掻いたが、圧倒的な力の前に立ち上がる事さえ不可能だった。

「何だ、これは……!?」

生まれてこの方、こんな揺れは知らない。大地が踊るなど、聞いた事もない。

マリエスはこの現象を知っているようだが、明らかに動揺している。恐らく、実際に体験するのは初めてかそれに等しいものなのだろう。常に冷静沈着な彼には珍しく、愕然とした表情で辺りを見渡している。

ならばこの異常事態は滅多に起こらないものと思われる。

フォリーは経験した事のない揺れに内臓を攪拌《かくはん》されるような吐き気を感じたが、同時に好機であるのも理解した。

このまま剣を交わし合っても消耗戦になる。シオンが気付き駆け付けるまで粘るという選択肢もあるが、ルーチェを庇いながら確実に仕留めるのは難しいと言わざるを得ない。それほど、マリエスは手強かった。数回斬り合っただけでもその実力は隠しようもない。

それなら――――

まだ収まらぬ振動の中、フォリーは地を踏み締める。

一瞬反応が遅れた男に向かって飛び込もうとした時――

轟音と共に大地がひび割れ、木の葉を散らしながら樹々が倒れた。

巻き上がる粉塵《ふんじん》であっという間に辺りの視界は奪われる。

一際立派な大木が傾き、初めはゆっくりとした動きで倒れてきたのが、限界を超えた瞬間、一息に速度を増した。フォリーとマリエスを覆い尽くすように。

「――っ!!」

見上げた視界には、長い年月を生きただろう大木。どうしてか、逃げられるとは思えなかった。

天罰が下ったのかもしれない。

浅ましくも聖女を神から奪おうとした――ルーチェを傷付けた罪に。

「ルーチェ……」

せめてもう一度、笑顔が見たかった。思えばそれだけが本当の願いだった気がする。

諦念に目を閉じ衝撃を覚悟した刹那、甲高い悲鳴が届いた。

「フォリー!!」

その声に弾かれて、考えるよりも先に身体が動いていた。無様に地面を転がり、他の大木にぶつかって強《した》かに背中を打つ。

「……ぅっぐ……!?」

口の中を切ったのか血の味が広がった。

フォリーは何があったのか分からないまま、先ほどまで自分が立っていたまさにその場所へ叩き付けられる落下物を見ていた。

もしもそのまま突っ立っていたのなら、確実に下敷きになっている。

「フォリー！　怪我は!?」

ルーチェの悲鳴に助けられたのだと理解するには時間を要した。荒れ狂う心音が全力で胸を叩く。這いずるように近付いて来たルーチェをきつく抱きしめ、その存在を全身で堪能して初めて、まだ生きている事を実感していた。

「僕は平気……ルーチェこそ……っ」

「私は大丈夫……フォリー、血が……」

肩の出血に気付いたルーチェは躊躇いなく自分の服の裾を引き裂いて、フォリーの傷口に巻いた。

「これで血は止まると思う……」

「昔、貴女が怪我をしたときに、同じように手当てして差し上げましたね。上手くできていますよ、ルーチェ。褒めてあげます」

「……っ!!」

いつの間にかルーチェの背後にマリエスが立っていた。

多少法衣が薄汚れていても、怪我一つ負っていない。それに引き換えフォリーには軋む身体と、間にルーチェを挟む不利な状況が突き付けられる。

「貴女は本当に出来の良い生徒でした。せめて私の手で楽園へと送ってあげましょう」

「――――!!」

垂直に落とされる鋭い刃。咄嗟《とっさ》にフォリーはルーチェへ覆い被さり、歯を食いしばった。狭まる視界の中、奇妙なものを見た。

揺れは収まっているにも拘らず、マリエスの身体が斜めに傾いだのだ。彼の青い瞳が驚愕に見開かれる。

マリエスの背後の樹々を巻き込んで、大地が崩れてゆく。

唐突に開けた視野により、そこが断崖《だんがい》の際であったと気付いた。その境が、瞬く間に迫り来る。岩や土の塊へと姿を変えた地面であったものが、轟音と共に落下していった。その場に立っていたマリエスを道連れに。

「いやあぁぁっマリエス!!」

ルーチェの手が伸ばされる。互いに精一杯腕を伸ばしあえば、充分届く距離だった。けれど、マリエスはそうしなかった。

淡く、微笑んだように見えたのは錯覚か。

確かめる間もなく生まれたばかりの裂け目へと消えるのは、憎んでも憎み足りない男。

全てがゆっくり感じられた。

翻る白い残像が網膜に焼き付く。

悲鳴さえあげぬまま、漆黒の中へと墜《お》ちてゆく。

完全に見えなくなるその瞬間まで、ルーチェとマリエスの視線は絡んだままだった。

腕の中に庇うルーチェを呆然と抱き締めていた。奇跡的にも、崩壊は自分達の手前ギリギリの場所で止まっている。

「……フォリー……」

ルーチェに呼びかけられ、フォリーは初めて自分が息を詰めていた事に気が付いた。握り締められたままのルーチェの手をゆっくり撫でる。

小刻みに震える指先は真っ白になり冷えきっている。シハの中毒症状はひとまず治まったらしい。

柔らかな首筋に顔を埋め、全身全霊で彼女を感じた。隙間なく密着しても、まだ足りない。

「怪我は……ない？」

「私は平気……でも、」

「何も言わないで……今は……」

大地に散った赤い粉は、もうその姿を残してはおらず、香りだけが微かに漂う。

生きろと言われた気がした。何かに許されたように思うのは大いなる勘違いかもしれない。それでも、腕の中にある温もりだけが全てだ。失わないためなら何だってする。

たとえ流れ落ちる砂時計を止める術を、今は見つけられなくても。

9　約束

孤児院からの帰り際、フォリーは一人の子供に話しかけられた。

「いつも来てくれてありがとう」

舌足らずに言う少女はそばかすの散った顔で笑う。以前よりふっくらとした頬が愛らしい。その手には不恰好に纏められた花束があった。

「これ、あげる。私はお金持ってないから、自分で摘んで作ったの。お兄ちゃんが幸せになれるようにって想いを込めて作ったから、好きに使って良いよ」

胸を張る彼女の後ろから年長の少年も駆けて来る。

「あ！　狡い。僕もお礼したかったのに」

「私が先だもん。だって私、大人になったらお兄ちゃんのお嫁さんになるの」

「え!?」

過剰に反応した少年は顔を強張らせた後、真っ赤になって歯を剝いた。

「お、お前なんか無理に決まってるだろ！」

「うるさいな、ロイドに関係ないよ」

はたから見ればあからさまな少年の想いに、少女が全く気付いていないのが微笑ましい。

フォリーも笑顔になって彼らの目線へと腰を落とした。

「ありがとう。でも、喧嘩はしちゃ駄目だよ。明日が同じように続くとは限らないからね」

「……？」

少年は意味が分からないというように盛大に顔をしかめた。少女の関心を引き寄せるフォリーが気に入らなくもあるのだろう。まるでかつての自分を見るようだと思う。

実に数百年振りに大陸を襲った地震は、様々な爪痕を各地に残した。幸い死者は少なかったものの建物の崩壊が激しく、復興までにはまだ暫くかかるだろう。

この孤児院も例外ではなく、多大な被害をこうむった。元々古いものだったから、ひとたまりもなかったのかもしれない。

だが、現在はレヴァンヌ家からの援助により、以前以上の施設へと姿を変えている。

栄養状態も良くなったのか、少年は少し前と比べて急に身長が伸びた気もする。

その彼を押し退けて前へ出た少女は、フォリーから寄付されたばかりの真新しい服を握り締めた。

「お兄ちゃんはいつも一人ね。寂しくない？」

時に子供は純粋で残酷だ。悪意のない無垢な瞳が覗き込んで来る。

「……大丈夫だよ」

「フォリー様、そろそろ戻りませんと」

「ああ、もうそんな時間か」

少し離れた場所からシオンに促され、子供達の頭を撫でてからその場を後にした。名残惜し気に手を振る彼らに「また来るよ」と告げながら。

だが、馬車に乗り込もうとした時に黒づくめの男が視界に入り、足を止める。人々の行き交う街道で、目も合わせぬまま奇妙に距離を取り合った。

「……もう顔を会わせる事はないと約束したはずだが？」

「そう言うなよ。これが本当に最後だ。報告くらいするのが礼儀かと思ってな」

シルベルトの逞しい体躯はゆったりとしたマントに隠されていてもはっきり分かる。縮れた髪と浅黒い肌が僅かに覗いていた。

「あんたのお陰で復讐はできた。まあ完全に潰すなど無理な話だが、もう昔ほどの権勢を誇る事はないだろうよ」

敢えて、何の話かとは互いに語らなかった。その必要もない。二人の間に交わされる会話など、一つの話題しかあり得ないのだから。

「教えて貰うまでもなく、知っている」

「そりゃそうだと思うが、礼を言いたかったのさ。俺たちだけじゃ無理だった。あんたの援助と的確な指示があったからできた事だ」

「誤解を招く言い方はやめて貰おう。僕はただ困っている者に幾許《いくばく》かの寄付をし、情報を提供しただけだ。それを何に使うかは相手の自由だ」

顔を向けようともしない年若い伯爵の冷えた美貌に男は笑った。

「違いない。それじゃ俺が礼をする必要もないな」

「さっきからそう言っている。何の事かも分からないな」

「そういう事にしておこう。あんたが怖い男だってのは、これでも分かっているつもりだからな。ああ、それとこれも返しておく」

そう言って手渡された物は、フォリーの手の平で転がった。

懐かしい重みに眼を見開く。

「これは……」

「あんたも人が悪い。もし素直に売り払っていれば、こっちは今頃窃盗犯として牢獄の中だ」

「闇市場か異国でなら捌《さば》けただろう」

実際、もう諦めていた。久し振りに触れた母の形見である指輪を握り込む。

「いくら大切な女のためでも、そういうものを簡単に手放すんじゃねぇよ」

「比べようもない程の宝物を守るためなら、何も惜しくはない」

躊躇いなくフォリーが答えると、シルベルトは低く笑った。

「それなら、それは俺からの餞別だと思ってくれ」

それだけ言うと、今度こそ男は人混みに消えて行った。恐らくもう二度と会う事はない。

フォリーは心の中だけで、礼を言いたいのはこちらの方だと告げた。思いの外役立ってくれた彼らには感謝している。あの時殺さなくて良かったと心底思う。

リシュ教は今、混乱の只中にあった。

長年の汚職と腐敗に加え、各地で排斥《はいせき》運動が起こったのだ。天災は起こるべくして起こった神の怒りだと。

ただの反乱とは思えぬほど組織立った火の手はあちこちで上がり、瞬く間に広がった。そうこうするうちに、飛び火を恐れた貴族達が手を引いたせいで、教団は金銭的に困窮し追い詰められた。

大きなものが瓦解《がかい》する時は、一息に崩れる。

腐った膿《うみ》が曝け出されたことで、今では信者も少なくなり神官も減ったという。人々からの支持をなくし、最早虫の息だと揶揄《やゆ》する者も少なくない。

だがそれも一時のものだとフォリーは思っている。今年は冷夏のせいか作物の実りが少ない。来年もそうなれば、人々の不満は溜まるだろう。そして聖女を求める声が再び大きくなるのは目に見えている。その時同じ轍《てつ》を踏まないと誰が保証できるのか。

人は安易なものに流され易い。そして分かり易い偶像に縋りたがるのだから。

けれどそれはフォリーにとってどうでも良い事だった。

揺れる馬車の中で、母を喪ってからの過ぎた年月を思う。フォリー自身すっかり幼さが消え、今では立派な紳士になり立場もそれに見合った重いものに変わっている。

忙しさに目が回りそうなこともあるが、孤児院への訪問と寄付は欠かさない。それが愛しい人――ルーチェとの約束だから。

結局マリエスの遺体は見つからず、その後の消息も知れてはいない。

無傷であるとは思われないのに、その痕跡一つ残されていないまま、正に忽然と消えてしまった。教団に戻ったのかどうかも混乱の中定かではない。確かなのは、あれ以来彼が現れる事が一度もないという事実だけだ。

直後はシオンに説得され警戒していたが、正直次の襲撃はないだろうと予感していた。理屈ではない。不快だが、マリエスの言ったように自分と彼は思考が似ている。だからこそ、そう思う。

それを言葉にし、他者に理解して貰うのは難しい。

「フォリー様、到着致しました」

「ああ……、今日はもうどこにも出かけない。食事は軽いものにしてくれ」

馬車を降り「畏まりました」と腰を折るシオンを残し、邸内に入ってすぐに目当ての人物を探したが見当たらなかった。

「……彼女は？」

「庭園にいらっしゃいます。今日は特別体調がよろしいようですよ。呼んでまいりましょうか？」

エイラは出迎えながらそう言った。

「いや、良い。このまま僕が行こう。案内してくれ」

そう告げれば、微笑ましそうに頬を緩め「勿論です」と嬉しそうにエイラは先を歩いた。

競うように咲き誇る花々は日差しの下で眩しく輝いている。

それだけでなく野菜や香辛料、薬草が植えられた場所もあり、その広さはフォリーえさえ未だによく知らない場所があるほど広大だ。

白ユリやスミレ、ベゴニア等が季節毎に花開き、一年中美しく整えられている。

その一角に設けられた東屋《あずまや》の中に彼女はいた。

「ただいま、ルーチェ」

「フォリー……!?　お帰りなさい。ごめんね、ぼんやりして気付かなかったわ……」

出迎えてくれる美しい人。

薄茶の長い髪を結い上げ、宝石のような紫色の瞳をした彼女がいれば他には何も要らない。

「起きていて大丈夫？　今は顔色が良いみたいだね」

彼女の蒼白い頬に触れると、僅かに冷えている。

物憂げに睫毛を伏せたルーチェには、隠しきれない陰があった。微かな隈が白い肌をくすませている。

長い間ルーチェを冒し続けた毒を消し去る事は、まだ成功していない。

治療により禁断症状は抑えられているけれど、完全に解き放たれた訳ではなく、時折、思い出したように発作に襲われる事もある。

今朝も起きられず床に伏せっていた。

だからあまり外出はできないのが不憫《ふびん》だ。

それでも日々懸命に生きているルーチェが、眩しくて堪らない。弱音を吐かず、いつも笑顔でいてくれる彼女が誇らしい。

そして毎日見ているからこそ気付く、深く根付く罪悪感。

ルーチェは、マリエスとの事を未だに引き摺っている。フォリーがいい顔をしないと分かっているから、あからさまに祈ったりはしないが、ふとした瞬間思い出しているのは隠し切れていない。

ひっそりと流す涙も知っている。けれど、それを拭うのは憚られた。きっとルーチェもそれは望まない。

「今日は少し遅かったのね」

「ごめんね。帰りがけに話し込んでしまった。孤児院のとてもかわいい女の子から、このお花を貰ったんだ」

少女に貰った花を見せると、彼女は嬉しそうに笑った。

「可愛いお花……！　その子の心のこもった素敵な花束ね」

どんな小さな気持ちでも大事にしてくれる優しい人。それは何年経っても変わらない。

ストンと胸に落ちたのは、純粋な歓喜。

湧き上がる衝動に従い、古い求愛の作法に倣って片膝を付いた。

どうしてか、今伝えるのが一番良い気がする。

「僕と結婚してください」

「……え？」

「僕には、貴女が必要です。他の誰でもない、ルーチェが欲しい」

かつての再現。

拙い求婚は、今も上達したとは言えない。けれど、あの頃以上の想いを込めた。

「まだちゃんと言っていなかったから。今、言わせて欲しい」

純粋だった幼い頃と今の自分では、比べようもないほどかけ離れてしまった。それでも、フォリーの中で変わらないものがある。この胸を焦がす恋情だけは、薄れる事などありはしない。

「どうか受け取って。昔みたいにはぐらかさないで。断られても……何度でも告げるよ。貴女が聖女でなくても、僕にはたった一人の大切な人だから」

差し出した小さな花束が震えている。少女が摘んでくれた野の花は見た目は華やかでなくとも生命力に溢れている。

「フォリー……」

「愛しています。貴女だけを、永遠に」

実際には僅かな時間だろうが、悠久とも感じられるひと時が二人の間に落ちた。

物音も、人の声も聞こえない。ただ胸を叩く鼓動だけが鳴り響いている。

ルーチェの手が微かに持ち上げられるのを、祈りを込めて見詰めた。

「駄目……無理よ。だってフォリーも知っているでしょう？　私はきっと、長くは生きられない……」

悲しみを湛えたルーチェの瞳が、暗く翳る。微かに唇が震えていた。

「フォリーを、一人残して先に逝《い》くの。それはもう、変えられない運命だと思う。だから貴方は別の誰かと幸せになって」

「ルーチェ、必ず僕が治療法を見つける。だから心配しないで。いつかの夜、信じてくれると言ったよね？　あれは嘘？」

「違う……！　フォリーの事は信頼している。でもあの時とは状況が……貴方は伯爵家を護らなければならないでしょう？　……そのためには、相応しい人を選んで……」

言葉とは裏腹に縋り付く視線を受け止める。建前の奥に隠された本音が知りたい。それ以外は要らない。

「いざとなれば、従兄弟にでも爵位は譲るよ。そんなものが障害になってルーチェが手に入らないなら、全部捨てる。何も要らない。一生をかけて、貴女を助け守り続けると誓う」

「でも……私は……っ、」

「もし、万が一、ルーチェがシハに奪われるなら……その直前に僕が殺してあげる。神に

罰せられるくらいなら、僕が地獄へ引き摺り堕としてあげるよ。そしたら、ずっと一緒だ」

それは狂った執着。

微笑みながら注がれる毒は酷く甘くて、ルーチェの呼吸を乱した。

「私……どこかおかしいのかもしれない……」

喘ぐように息をして、零れた言葉は歓喜に満ちている。

「嬉しいって思ってしまったの。フォリーにそんなふうに求められて、とても喜んでいる……」

二人きりで世界を裏切って、他のあらゆるものから逃げ出し、神さえも足蹴にして完結する。自分たちだけの閉じられた場所。

そこではお互いだけを見詰めていられる。

「だけどそれは最後の手段。そこに至る前に、でき得《う》る手は全て打つよ」

「私達……きっと楽園には行かれないね」

「門前払いされるかも」

辿り着けなくて構わない。あるかないのかも分からないものよりも、今この瞬間が愛おしい。一瞬が永遠にも変わるこの時が。

「あの時も……こうして約束してくれたね」

「もっと幼稚なものだったけれどね。でも同じ気持ちだよ」

ルーチェの細い指が花弁を撫でる。

「……私は、答えられなかった」

「でも花は受け取ってくれた。それだけで僕は嬉しかったよ」

強がりでもなく、真実だ。宝物のように扱ってくれただけで、心は満たされた。

「あの時のリボンね……ずっととってあったの。花はすぐに枯れてしまったけど、思い出を残しておきたくて。誰にも見つからないように引き出しの奥深くに隠してあったのよ？」

置いてきちゃったと残念そうに呟いて、花束がルーチェの手に渡った。

太陽よりも煌めくのは紫色の瞳。泣き笑いの表情で大切そうに胸に抱かれた花がふるりと揺れた。

「私……とても嬉しかった。守れない約束でも、頷いてしまいたかった……」

ルーチェから零れ落ちた雫が頬を伝って、フォリーの手で弾けた。熱いそれへ口づけて、ゆっくり立ち上がる。

向かい合って視線を絡めれば、ルーチェがこちらを見上げていた。

煌めく涙が後から後からとめどなく溢れ、より一層瞳を輝かせる様は、宝石などより美しく息を呑んで魅入ってしまう。

恐る恐る抱き締めた彼女の身体は、驚くほど頼りない。か細く折れてしまいそうな事に改めて気が付き、顎下にあるつむじに鼻を埋めた。

腕の中にある温もりに歓喜しながら、幾度も愛の言葉を囁き口づけた。溺れそうになるほど飽きる事なく繰り返しても、まだ足りない。伝えきれない想いの深さに眩暈がする。

「今度こそ、本当の気持ちを伝えるね。私も……フォリーが好き。ずっと、ずっと忘れられなかったよ……」

「やっと……答えを聞けた」

この先何があってもルーチェは渡さない。たとえその相手が神であったとしても。

決意を新たに交わした口づけは甘い罪の味がした。

エピローグ

鐘の音が響き渡る中、純白の花嫁が祝福の花を受け取る。

ベールに隠された顔は俯き加減で、表情は窺えない。けれど細身のシルエットと色白な肌が、絶世の美女であるという噂を裏付けていた。

列席者達は皆、興味津々に年若い伯爵の横に立つ女性へと視線を向けていた。貴族の婚姻としては随分急な結婚ではあったけれど、レヴァンヌ伯爵の蕩けるような笑顔にその溺愛振りを感じ取る。

傍に立つ花嫁が愛おしくて堪らないと言うように、彼は片時も彼女から視線を逸らさない。人目がなければ、すぐにでも寝所へと駆け込むのではないかと介添えの者は内心冷や冷やとしていた。

「おめでとうございます」

花弁が雨のように二人に降り注ぐ。彼らの両脇には、籠を持った子供達が控え、その中から色とりどりの花弁を惜しげもなく空に放っていた。

花の絨毯を踏みしめて二人は進む。

本来であればこんな場に出席は許されない身分の者達も、少なくない数参列していた。

優秀と一目置かれると同時に慈善家としても高名な当代の伯爵は、普通の貴族であれば考えられない婚礼をあげていた。希望者は誰でも参加できる開けた祝祭だ。

それは、新しく彼の妻となった女性の意見が色濃く反映されているらしい。どんな人かと注目を集めるのも致し方ない事だろう。

結果、一目見たい、是非祝福を告げたいと大勢の人々が見守る形となった。

シオンは警備の問題で難色を示したが、結局は二人の希望に押し切られた。

変わった式であるのはそれだけではない。

一番慣例と違うのは、神前での誓いがない事だ。神官もいない。

一時期リシュ教は力を失い、それに伴い多くの儀礼も形を変えた。

庶民の間では家族や知人を集めただけの式も主流になった。だが、貴族はそう簡単には変わらない。騒ぎのほとぼりが冷めた現在では、以前と同じように教団への支持を表明する者も少なくない。当然、婚儀や葬儀など人生に深く関わる事柄には通例通りの荘厳なものを望む。

そうなれば神官がいない式というのは座りが悪く、場合によっては経済状況も疑われる。と言って、新しく台頭して来た別の神に縋るのも、歴史の重みが足りなかった。

結果緩やかにではあるが、かつてと同じに戻りつつある。

そんな中、国で一、二を争う大貴族のレヴァンヌ家が異例の婚儀をあげている。

話題を呼ばないはずがなかった。

「おめでとうございます！」

「ありがとう。皆来てくれて」

同じ貴族の中には眉を顰める者もいたが、表立って批判する気概はないらしい。複雑な顔のままおざなりに拍手をするか、そもそも出席を控えていた。

けれど、若き伯爵にとってそんなものは瑣末な事だ。

彼の視線の先はただ一人に固定されている。傍に立つ、美しい花嫁へと。

「ああ、早く二人きりになりたいな」

熱く見詰められ、ベールの下でルーチェの頬は赤らんだ。

「フォリー、そんな風に言ったら、集まってくださった方々に失礼だわ」

「もう散々我慢したんだ。僅かな時間も耐えきれないよ」

当初の予定では、すぐにでも結婚するつもりだった。けれどルーチェ自身の希望により、今日まで延び延びになってしまった。

理由は、彼女の体調だ。

はっきり回復したと言えるまで、結婚はできないと告げられた。どこか頑固な面があるルーチェは、そうなれば梃子《てこ》でも動かない。

シハがシハヴァとの決定的な違いを生んだ要因は、島の気温にあった。本土との距離はさほど離れていなくとも、その気候には大きな差異がある。

四方を海に囲まれた小さな島は天候が不安定で、冬ともなれば雪に閉ざされる日も少なくない。その溶け難い積雪こそがシハの毒性を強めた原因だった。

長い冬の間に厳しい環境に晒されたシハの種子は、身の内に養分を蓄える。それこそが人に影響を及ぼす原因となっていると突き止めたのは、フォリーだった。

そして、体内に蓄積された毒性も熱に弱いのではないだろうか？　という仮説が立てられ、まずはルーチェの体温を上げることから始められた。

健康とは言い難いルーチェの身体は通常よりも体温がずっと低く、凍えることに慣れてしまっている。

それを変えるために適切な食事や運動を心掛け、体力を付けて痩せ過ぎな身体を整える。それだけでも状況は好転した。

ルーチェの頬に健康的な赤みが差し、発作の頻度が減るにつれ、フォリーの仮説は真実味を増し二人を勇気付けた。

希望が見えれば、人は更に強くなる。

沢山の人の協力のもと、劇的に研究は進んだ。異国の食べ物が治療に効果的だと言われればフォリー自ら入手しに行くこともあったし、地中から湧き出す湯だと言われれば取り寄せたこともあった。そのどれが一番効いたのかは分からない。

けれど、できることは何でも試した。

そして努力の甲斐あって、ついにルーチェは忌むべき支配から解き放たれた。

何度も繰り返された検査の結果を二人で固唾《かたず》を飲んで確かめ、抱き合って泣いた日は決して忘れられない。

そして今日、漸く待ち望んだ日が訪れた。

数日前からこの日のために磨き上げられ、尚一層輝きを増したルーチェをフォリーは眩しく見詰めた。準備や采配に忙しく、落ち着いて顔を合わせたのは随分久しぶりな気がする。

以前より丸みを帯び、血色の良くなった肌。長い髪はその美しさを活かすために敢えて結い上げてはいない。艶やかにルーチェの身体を彩っている。

レースをふんだんに使った純白のドレスは光沢があり、ところどころに真珠が縫い付けてあった。デザイン自体は控え目でも、上品な形は彼女によく似合っている。

「綺麗だよ、ルーチェ。本当に今すぐ攫ってしまいたい」

「そんな事しなくても、フォリーの傍にずっといるよ」

微笑む彼女を抱き締めて口づければ、周囲から歓声が上がる。

それに手を振って応え、フォリーはルーチェの耳元で囁いた。

「今夜は思う存分愛させて」

誓いは神にではなく、お互いの間でだけ交わされた。

『死が二人を分かつとも、永遠に共に』

長い時を越えて漸く辿り着いたのは、互いが寄り添う事で完成する楽園だった。

あとがき

初めましての方もそうでない方もこんにちは。奇跡が起きて、なんと二冊目を出していただけることになりました。

びっくりです。誰より私が驚きです。

これもひとえに皆様のお陰と思っております。ありがとうございます！

さて、今回書かせて頂いたお話は無垢に育てられた聖女と、彼女に恋をして一途に想いを貫く青年のお話です。

でも色々拗らせてしまって、行動がまるで悪役です。内心葛藤はしていますが、執着心丸出しでヒロインを囲い込みます。イラストを描いてくださったウエハラ蜂先生がその辺りを実に素晴らしく表現してくださり、ヒーローがとっても悪そうです（褒め言葉）。

ヒロイン、前を見ても後ろを見ても、病んでいる人しか居ない不憫な子です。

ストーリーは、私としては王道を目指したつもりです。相変わらず糖分薄いような気はしますが……楽しんでいただけたらうれしいです。

最後に、編集のN様、励ましてくださったK先生、ほか沢山の方々に感謝を！

そして手に取ってくださった皆様、もう一度心より御礼申し上げます！

ありがとうございました！

この本を読んでのご意見・ご感想をお待ちしております。

◈ あて先 ◈

〒101-0051
東京都千代田区神田神保町2-4-7 久月神田ビル7階
㈱イースト・プレス　ソーニャ文庫編集部
山野辺りり先生／ウエハラ蜂先生

咎《とが》の楽園《らくえん》

2014年4月8日　第1刷発行

著　者　山野辺《やまのべ》りり
イラスト　ウエハラ蜂《はち》
装　丁　imagejack.inc
DTP　松井和彌
編　集　馴田佳央
営　業　雨宮吉雄、明田陽子
発行人　堅田浩二
発行所　株式会社イースト・プレス
〒101-0051
東京都千代田区神田神保町2-4-7 久月神田ビル8階
TEL 03-5213-4700　　FAX 03-5213-4701
印刷所　中央精版印刷株式会社

ISBN 978-4-7816-9527-3